이슬람 원리주의의 실체

이슬람 원리주의의 실체

Islamic Fundamentalism

전호진 지음

KUIS 출판부

아프가니스탄 인질 사태는 한국 교회에 엄청난 충격이거니와 동시에 심각한 도전이 된다. 외국 언론조차도 이번 사태를 이슬람 과격 세력과 한국 기독교의 충돌로 묘사한다. 우리는 문명(종교)간의 공존을 바랬지만 불가피하게 충돌로 나아가는 상황이다. 외국의 한 권위 있는 언론은 한국의 기독교는 민주주의, 자본주의와 더불어 한국 사회를 움직이는 삼위일체의 하나가 되었기 때문에 이슬람으로부터 도전을 받고 있다고 예리하게 지적한다. 2001년 9.11테러 이후 미국 전 CIA국장이었던 제임스 울시는 제4차 대전이라는 표현을 하였고 프랜시스 후쿠야마 역시 이슬람 테러를 히틀러나 냉전 시대의 구 소련에 못지 않은 파괴력을 가진 세력으로 본다.

아시아 사람들은 그동안 종교에 대하여 순박한 생각을 가졌다. 모든 종교는 사람을 선하게 사회를 부드럽게 하는 윤활유 역할을 하는 것으로. 그러나 21세기 상황은 종교의 역기능 현상이 심각하여 종교가 도리어 무서운 공포로 등장한다. 탈레반의 만행은 종교의 비극이기 전에 문명의 비극이다. 인류역사는 전쟁의 역사라고 하지만 이번 상황은 우리의 상상을 초월하는 것이다. 그럼에도 이러한 무서운 종교 집단을 옹호하고 어려운 나라를 도우러 간 자들을 매도하는 우리 사회 역시 병리 현상이 심각하다는 것을 드러낸다.

기독교는 역사를 중시하는 종교이다. 영적으로 이 시대를 읽어야 한다. 지난 20세기는 서구문명 국가가 무서운 전쟁을 벌인 세기이다. 제1차 및 2차 세계 대전은 민족주의의 이름으로 세계를 정복하려는 전쟁이었다. 자기 인종과 민족이 우월함으로 세계의 맹주가 될 권리가 있다고 오만하였지만 실은 민족주의를 가장한 전체주의였다. 일본과 독일의 국민들은 전체주의의 피해자이다. 동서 냉전은 공산주의가 세계를 가진 자와 가지지 못한 자로 양분화하는 이데올로기의 전쟁이었다. 가지지 못한 자에게 사회적, 경제적 유토피아를 비전vision으로 제시하였다. 그러나 그 비전은 처음부터 실현된 적이 없는 비전이었다. 도리어 사회주의적 집단주의로 수없이 많은 무고한 개인을 죽였다.

그런데 세계는 이제 종교적 집단주의의 위협에 직면하고 있다. 전자의 두 이데올로기가 다 세계정복의 야망을 가진 것처럼 이슬람 원리주의 역시 세계를 알라신에게 복종시킨다는 종교적 명분으로 세계를 불안하게 하고 있다.

그러나 과격한 이슬람 원리주의 집단은 무고한 사람들을 납치하고 죽이지만 사실은 자기들을 낳은 모체 종교인 이슬람마저 납치하는 결과가 된다. 중동의 많은 지성인들이나 양식있는 무슬림들은 이슬람 원리주의를 싫어하고 두려워한다. 국가의 지도자들마저 저들의 눈치를 보아야 할 정도이다. 이미 많은 이슬람 국가에서 사람들은 도리어 종교 혐오증을 드러낸다. 이라크 전쟁에서 탈출한 이라크 난민들은 대표적인 케이스이다. 만약 이슬람이 쇠퇴한다면 그것은 바로 이슬람 원리주의 때문이라고 본다. 이슬람을 회복시켰다는 호메이니가 도리어 이란의 이슬람을 죽이는 아이러니한 현상이 일어나고 있다.

우리 사회는 종교 다원화를 미덕으로 생각한다. 즉 모든 종교가 차이에도 불구하고 평화적으로 공존한다. 서구 사회는 기독교만이 절대 진리라는 것을 포기하는 상황이다. 모든 종교는 동일한 구원과 신에 도달한다는 종교다원주의 신학이 인기가 있는 시대이다.

그런데 불행하게도 이슬람 원리주의는 종교의 평화적 공존을 거부한다. 본서는 이슬람 원리주의의 문제점을 분석하고 이슬람 원리주의가 전 세계를 오히려 불안하게 하고 있음을 적나라하게 알리고자 하는데 목적이 있다. 필자는 이슬람 원리주의는 종교적 전체주의 혹은 집단주의라고 정의한다.

본서 일부 내용은 필자의 『이슬람:종교인가? 이데올로기인가?』, 『전환점에 선 중동과 이슬람』의 일부 내용과 중복된 것이 있음을 밝힌다.

본서가 나오기까지 협조해 주신 여러분들에게 감사드린다. 본서 교정에 도움을 준 한반도국제대학원 김정란 조교, 출판국 직원들 그리고 이 책을 내도록 협조해 준 한반도국제대학원대학교에 감사를 드린다.

2007년 8월

전호진 (한반도국제대학원 석좌교수)

Islamic Fundamentalism

제 1 장 _ **이슬람**도 **납치**하는 이슬람**원리주의**

금번 아프가니스탄(이후 아프간으로 표기함) 인질 사태로 연일 한국교회 선교가 매도당하고 있다. 선한 일 하러 간 사람들에게, 도리어 왜 위험한 지역으로 갔느냐고, 왜 꼭 남의 나라를 도와야 하느냐고. 사회 분위기는 이상하게도 때린 사람은 꾸짖지 않고 도리어 맞은 사람이 잘못되었다는 논리를 편다. 이것은 분명 우리 사회의 여론과 비판 기준이 무언가 잘못되었다는 것을 의미한다. 선교도 송두리째 부정당하고 있다. 그렇게 극성스럽게 선교해야만 하느냐고. 외국 언론도 한국교회의 공격적 선교때문이라고 은근히 꼬집는다. 그런데 정작 한국에서 이슬람 선교사들이 극성스럽게 선교하는 것은 모르는지, 아니면 애써 외면하는 것인지 모르겠다. 한국에서 이슬람의 공격적 선교가 어떻게 전개될지, 한국교회가 어떻게 방어할지 예측할 수 없다.

그러나 탈레반의 납치로 가장 손해를 많이 보는 자들은 바로 이슬람이다. 탈레반은 과격한 이슬람 집단으로, 이슬람 원리주의자들이라고 말한다. 이번 사태가 발생하자 한국의 모스크에 한국 경찰이 배치되었다. 배목사를 살해하자 모스크를 폭파하겠다는 전화가 걸려왔고, 부산에서는 중년의 남자가 술에 취하여 모스크 유리창을 발로 찬 모양이다. 집단주의 심리가 잘못 발산된 것이다. 선교를 매도하는 것과는 달리 왜 좋은 일 하러 간 사람을 종교의 이름으로 죽이느냐는 울분이 작용한 모양이다. 9.11 테러 이후에 미국에서도 중동 사람들이 백인들의 눈총을 받았고 심지어 폭행을 당하였다. 피해를 당한 중동 사람 중에 더 억울한 사람들은 이슬람 사회에서 차별과 박해를 피해 미국에 온 중동의 크리스천들이다. 과격한 백인들이 외모만 보고 폭력을 가했던 것이다. 한국인들도 미국에서 비슷한 경험을 하였다. 조지아 공대에서 한국 유학생 총기 사고로 무고한 많은 유학생들이 희생당하고 말았다. 한국인들은 은근히 불안해했다. 미국사람들로부터 보복을 당할까봐. 그러나 그런 일은 없었다.

　　과격 이슬람 집단의 폭력이나 테러로 이슬람을 나쁘게 본다고 노골적으로 말하는 자들은 일본의 이슬람 연구가들이다. 일본은 지역연구도 세계적 수준이거니와 이슬람에 대한 책들이나 논문들이 많다. 일본 이슬람 연구가들은 이슬람 세계에서 발생하는 테러로 인하여 일본 사람들은 이슬람을 무서운 종교로 본다고 말한다.

　　그러면 이슬람 원리주의가 이슬람을 납치하였다는 논리는 무엇인가? 먼저 납치의 의미를 넓게 보아야 한다. 사람을 인질로 잡는 것만이 납치가 아니다. 사람을 죽이거나, 이슬람의 발전이나 확장을 방해하는 것도 납치와 유사한 것이다. 부드럽고 선한 종교로서 이슬람은 어디에 묻어두고 증오와 적개심과 갈등과 전쟁을 부추겨 교리를 확대 재생산하는 것은 참 이슬람을 죽이는 것이다. 이슬람 원리주의는 이슬람 내부도 분열시킨다. 그 예로 모로코 한 이슬람단체는 현대 이슬람 원리주의 운동의 원조元祖라 할 수 있는 와합주의를 거부하는 보고서를 내었다. 『와합주의: 형성, 위협, 그리고 모로코에 도입』이라는 주제의 보고서 일부를 프랑스 법학자 안토니 바스부Antoine Basbous가 쓴 『중동의 열쇠를 쥐고 있는 사우디아라비아』(일본어역)에서 인용해 보자.

와합주의는 움마(이슬람 공동체)의 최대의 위협이 된다...중략...와합 교리는 무슬림을 분열시키고, 무슬림들을 이교도로 만들기 위하여 만들어진 것이다...중략... 와합주의는 이슬람 사상을 경직되게 하여, 이슬람 사상을 해석하거나 발전시키거나 창조적이게 하는 것을 도리어 방해한다. 이집트의 이맘 무함마드 아브도우는 와합주의는 생각이 편협하다고 말한다. 와합주의는 꾸란의 문자해석만을 할 뿐, 꾸란의 사상을 중시하지 않는다.[1]

이 보고서는 '자칭 참 이슬람'이 모로코에서 일으키는 문제와 위협을 고발한다. 특히 보고서에서 지적하는 중요한 점은 와합주의는 자기들의 교리에 동조하지 않는 무슬림과 '무신앙'(이슬람 아닌 종교, 특히 기독교나 유대교도 여기에 속함)의 사람들을 향하여 칼을 가지고 대든다고 두려워한다.

이슬람 원리주의와 폭력: 전투적 이슬람

이슬람 원리주의가 제기하는 심각한 문제는 바로 폭력이다. 과거 해방신학이 목적은 수단을 정당화한다는 논리로 폭력을 정당화하였다. 그런데 이슬람 원리주의 역시 폭력을 사용한다. 대부분의 무슬림들은 이구동성으로 이슬람은 폭력의 종교가 아니라고 한다. 일부 학자들도 빈 라덴의 이슬람과 테러를 구분하기 위하여 테러를 심지어는 '빈 라덴주의', '테러주의', '이슬람 이데올로기', '이슬람 테러주의' 혹은 '지하드주의'로 말하기도 한다.

그런데 특히 이슬람이 강한 나라와 사회에서 지하드의 이름으로 폭력이 너무 난무한다. 아프간 뿐만 아니라 태국 남부 지방, 파키스탄에서 거의 매일 폭력이 발생한다. 특히 이라크에서 시아파와 수니파 간의 내전은 심각하다. 미군 철수를 떠들지만 만약 미군이 철수하면 이라크는 피바다가 된다는 것이 공통된 견해이다.

그런데 이슬람에서 유독 폭력이 많은 데 대하여 일본의 일부 이슬람 전문가들은 그 원인을 이슬람 교리에 돌린다. 이것은 이슬람 학자들이 답해야 할 중요한 사항이다. 그 예로서, 유럽에서 이슬람 이름으로 테러를 행한 자들은 이슬람 가치관이나 윤리 도덕을 유럽인들에게 강요한다는 것이다. 즉 이슬람만이 절대라는 공격적 배타주의가 테러의 원인이라는 것이다. 동경대학 이슬람학과 교수 야마우치山內昌之는 "테러의 기본적 책임은 자유나 관용을 악용한 자에게만 있다는 것"을 강조하였다.[2]

이슬람은 폭력을 정당화하는가? 미국의 이슬람 전문가 에스포지토는 이슬람은 정당하지 못한 폭력은 지지하지도 않고, 꾸란의 하나님은 자비와 사랑의 신이라는 것이다. 꾸란은 전쟁에 대한 원리와 지침을 제시한다. 꾸란 48장 17절에서는 전쟁에서도 신체장애인들을 결코 해하지 말라고 하며, 9장 91절에서는 병든 자를 해하지 말라고 하였다. 만약 위반할 시는 무서운 심판을 받는다고 말한다. 그러나 9장 5절 소위 '칼의 본문 sword verses'에서는 거룩한 달이 지나면 우상숭배자들을 죽이라고 명한다. 원리주의자들은 이 꾸란 본문을 기초로 저들의 폭력을 정당화한다고 한다.[3]

이슬람을 비판적 시각에서 연구하는 학자들은 메카의 무함마드와 메디나 정복 이후의 무함마드의 가르침은 차이가 난다고 한다. 메디나 이후 가르침은 강한 배타성이 내포된다는 것이다. 원리주의자들은 주로 메디나 이후의 무함마드의 가르침을 근거로 이슬람을 전투적 이슬람으로 변질시키고 말았다. 이슬람은 사랑과 관용의 종교라고 해명하지만 원리주의자들의 모습은 정반대이다. 사랑하라고 하기보다는 미워하라고 가르치고 미움의 대상을 설정한다. 마치 공산주의처럼 생리적으로 대적할 적을 만든다. 적이 없으면 가상의 적이라도 만들어 대중들을 선동한다. 그리고 적을 악의 세력으로 미워하도록 한다. 꾸란에 지하드라는 용어가 많이 나온다. 그러나 원리주의자들은 지하드 교리를 영적 도덕적으로보다는 물리적인 것으로 해석하고, 지하드를 수행하다가 순교한 사람은 최상의 천국에 간다고 가르친다.

모든 무슬림이 다 과격한 것은 아니다. 전 세계 80%의 무슬림들은 온건 무슬림이라고 말한다. 그렇다고 20%가 다 과격하다는 것도 결코 아니다. 과격한 이슬람 원리주의자들은 5~10% 미만으로 본다. 그런데 그 소수 때문에 이슬람의 이미지가 엄청나게 손상당한다. 중동에 가면 순박하고도 친절한 무슬림들이 많다. 필자도 이란의 관광지 방문 중에 친절한 택시 기사가 식당 밥이 좋지 않다면서 자기 집에서 점심을 대접하였다. 덕분에 무슬림 집을 잘 구경할 수 있었다. 그 기사의 친절을 잊을 수 없다. 그 택시 기사는 자기 동네 무슬림들은 때로는 기독교 교인들과 친교도 하고 배울 것은 배운다고 한다.

증오의 논리 : 평화의 집과 전쟁의 집

금번 탈레반은 납치한 후에 노골적으로 기독교에 대한 증오를 드러냈다. 한국 젊은이들이 아프간 사람들을 기독교로 개종시키려고 하였다는 것이다. 이슬람 원리주의자들은 미국과 서방 세계를 적대시한다. 물론 식민주의를 했다는 것이 가장 중요한 이유이다. 기독교적 서구가 식민주의를 한 것으로 기독교는 정죄를 당하게 되는 불행한 역사를 남겼다. 그러나 식민주의에 대하여는 서구만 죄인이 아니라 바로 말하면 아랍도 식민주의자들이다. 이집트의 무바라크 대통령은 순수한 이집트 혈통이 아니다.

아랍인이다. 이집트 원주민은 이집트어로 콥틱이라고 한다. 구약성경에 나오는 바로와 그 후손들이 진정한 이집트인들이다. 그러나 아랍인들이 640년 이집트를 정복, 기독교 국가였던 이 나라를 이슬람 국가로 만들고 지금까지 이집트를 통치하고 있다. 콥틱 사람들은 아직도 기독교인이 다수이다. 그러나 차별대우로 인해 많은 콥틱인들이 이집트를 떠났다. 매년 1만 명 이상의 콥틱인들이 차별대우 때문에 이슬람으로 넘어간다. 주민등록증에 종교를 기재하니 종교를 숨길 수 없다. 그리고 이름 자체가 벌써 기독교 냄새가 난다. 기독교인들은 '알리', '무함마드' 등 이슬람식 이름을 사용할 수 없다. 따라서 이슬람 세계가 더 이상 식민지 문제를 가지고 서방 세계를 증오하는 것은 종교의 본질이 아니다. 종교는 원수도 사랑하는 사랑의 윤리이다. 한국을 포함한 모든 제3세계가 다 식민지의 피해자이다. 아시아에서는 일본과 태국을 제외하고. 그리고 세계 역사는 항상 강자가 약자를 먹는 역사였다. 중동 세계는 지리적 자원적 요소로 인하여 그것이 더 강하였다. 무함마드 등장 이후 아랍은 스페인까지 점령하였고 지금도 북아프리카를 통치하고 있다. 아랍인들은 본래 사우디 사막에 한정되어 있었다.

그런데 원리주의가 서방과 미국을 적대시하는 것은 와합주의에서 비롯된 종교적 교리에서 비롯된 것이다. 사우디의 와합주의는 세계를 평화의 집Dar al-Islam과 전쟁의 집Dar al Harb으로 구분한다. 전자는 이슬람을 믿는 지역을, 후자는 이슬람을 믿지 않는 지역을 의미한다. 따라서 이슬람은 전쟁의 집을 향하여 성전聖戰을 수행해야 한다는 것이 와합의 이론이다(이 주제는 원리주의와 원리주의 집단에서 다시 다룰 것이다). 그런데 이러한 구분은 꾸란에서 정확하게 가르치지는 않는다고 한다. 이와 유사한 용어인 Dar al-Selm이란 단어가 있다고 한다. 이것 역시 아랍어로 '평화'이다. 그렇다면 와합 원리주의는 정통 이슬람 교리를 전투적 종교로 에스컬레이트 한 셈이다. 정통교리를 납치한 셈이다. 지하드는 본래 영적인 의미가 더 강하다. 꾸란에는 지하드라는 말이 많이 나온다. 지하드를 수행하다가 죽은 자는 죽은 것이 아니라 살아있다고 가르친다. "알라의 도를 위하여 살해당한 자를 죽은 자라고 하지 말라. 오히려 그들은 살아있다."(꾸란 2장 154절) 이것은 공격적 개념이 아니라 방어적 개념이다. 반면 8장 40절에는 "그리고 박해가 없어질 때까지 그리고 종교가 온전히 하나님만을 위한 것일 때까지 그들과 싸우라."(영문에서 더 잘 표현된다. "And fight with them until there is no more persecution and religion should be only for Allah: but if they desist, then surely Allah sees what they do.")는 것도 있다. 이슬람 원리주의는 후자와 같은 구절을 확대 해석한다. 지나친 공격적 해석을 택한다.

이슬람 원리주의자들은 반미, 반서구 등 정치적 구호를 먼저 내세움으로 동조자를 얻는 것 같다. 9.11테러 이후 한국에서도 일부 사람들이 이슬람을 동정했다. 약자를 동정하고 싶은 감정과, 우리 사회에 일부 뿌리박힌 반미 감정이 혼합적으로 표출된 것이다. 그러나 그것은 정치 영역이거나 이데올로기 영역이지 종교의 영역은 아니다. 어느 종교든지 사람 개인을 대상으로 사랑하라고 가르치지 특정 나라를 이슈로 하여 교리화하지 않는다. 미국을 미워하는 것은 정치적 문제이지 종교의 이슈가 될 수 없다. 그것을 고집하면 종교가 아니라 이데올로기이다. 이점에서 이슬람 원리주의는 스스로 정치 이데올로기의 모습을 더 보여준다.

와합주의자들은 물론 대부분의 원리주의자들은 철저히 반미, 반서구이다. 서구에 대한 나쁜 감정은 무엇 때문인가? 에드워드 사이드는 저서 『오리엔탈리즘』에서 서구가 동양에 대하여 가지는 편견, 무지, 오만에 대하여 감정적, 이론적 비판을 한다. 그런데, 사이드와는 달리 이슬람 원리주의는 서구문명을 무지한 야만의 문명으로 규정하고 파괴해야 할 것으로 해석한다. 서구 세계 사람은 신新 자힐리야jahiliya로 취급한다. 이 말은 이슬람에서는 종교적인 무지나 우상숭배를 자힐리야라고 말한다. 이 말의 더 정확한 의미는 무함마드 선지자 이전에 신을 몰랐던 시대의 사람을 의미한다. 그런데 서구인들을 신 자힐리야로 규정하고 이들을 대상으로 성전을 수행해야 한다고 가르치는 것이다. 즉 서구문명은 새로운 형태의 우상숭배라는 것이다. 서구인들이 섬기는 신은 돈이나 물질이고 물질주의는 바로 우상종교라는 것이다. 네덜란드 저널리스트 이안 부르마Ian Burma는 이것을 정치적 서구주의Occidentalism라고 정의한다. 그러나 원리주의의 반물질주의는 이슬람의 본질이 아니라고 생각한다. 유대교, 기독교, 이슬람의 셈족 종교는 물질을 죄악시하지 않는다. 물질을 악하게 사용하는 것이 죄지 물질 자체가 곧 죄가 되고 악이 되는 것은 아니다. 이 점에서 원리주의의 반물질주의는 부르마가 잘 지적한 것같이 결코 순수한 이슬람이 아니라 우주를 선과 악으로 구분하는 마니교 사상이다. 만약 물질이 악하다면 천당에는 보이는 사람이나 천사나 음식도 없어야 한다. 금번 탈레반들은 한국인 인질 석방 조건으로 돈을 요구하였다. 돈은 가장 중요한 물질이다.

원리주의는 이슬람이 말하는 사랑은 납치하고, 대신 서구와 기독교와 유대인들에게 대한 증오심을 키운다. 원리주의가 서구문명을 증오하는 이유는 세속주의에 대한 반감이다. 서구 기독교 문명과 계몽주의 철학이 세속주의를 만들어 비서구, 특히 이슬람 세계를 오염시킨다고 생각한다. 원리주의자들은 오락, 술, 담배, 포르노, 댄스 등을 퇴폐적 세속주의로 간주하는데, 이런 것들은 기독교적 서구문명의 산물이라는 것이다. 여기서

서구 기독교가 반성할 것은 서구 기독교가 도리어 세속주의의 대명사가
되어버렸다는 사실이다. 청교도의 금욕적 윤리가 결코 세속주의가 아니
다. 서구 기독교는 청교도를 버린 대가를 지불하는 셈이다. 이슬람 선교
를 하는 한국교회는 다시 한 번 청교도적 기독교 문화 회복을 고려해야 할
것이다. 계몽주의를 증오하는 것은 계몽주의가 신神, 영靈, 천국, 지옥 등
초자연 세계를 거부하기 때문이다.

하지만 이슬람 세계의 반미, 반서구 감정은 실제와는 다른 모습을 드
러낸다. 미국을 미워하면서도 미국 가기를 원하고, 미국은 미워하면서도
미국사람은 좋다고 한다.4 중동의 유명한 대학은 레바논의 아메리칸 대
학, 카이로의 아메리칸 대학이다. 구호와 현실은 상반된다. 그래서 미국
의 지성인들은 전 세계의 반미감정에 신경을 쓰지 않는다고 한다. 한국의
젊은 세대들도 미국을 욕하면서도 10만 명의 학생들이 미국에서 공부하
고 있다.

합리적 무슬림도 죽이는 이슬람 원리주의

이슬람 밖의 사람이 주제넘게 이슬람을 비판하는 것 같지만 이것은 학
문 분야에 속한다. 역사는 건전한 비판을 통하여 발전한다. 이슬람 세계
에도 건전하고도 온건한 비판적 지식인들이 많이 있었다. 특히 과거 이
슬람은 학문하는 사람 혹은 지식의 사람person of knowledge을 울라마
ulama라고 한다. 무함마드는 학자를 예언자의 후예로 존중하였다고 한
다. 그러나 19세기 이후 등장한 많은 이슬람 지식인들은 대접을 받지 못
하고 도리어 그들의 합리적 비판이 서양 식민주의, 세속주의의 앞잡이로
매도당하고 암살당하고 말았다. 실례로, 파루키Ismail Ragi al-Faruqi같은
학자는 미국에서 이슬람 공동체의 이미지를 국내나 해외에서 높이려고

학문적으로 노력한 사람이다. 그러나 1986년 의문의 암살을 당하고 만 다. 이러한 사건은 너무나 많아서 여기서 다 논할 수 없다. 에스포지토 John L. Esposito와 볼John O. Voll의 공저『현대 이슬람의 창조자』*Maker of Contemporary Islam*는 이슬람 세계의 개혁적 지식인들의 사상과 활동 을 잘 소개한다.[5]

중동의 지식인과 학생 및 청년 무슬림들은 이구동성으로 과격 이슬람 을 싫어한다. 그런데 드러내놓고 말을 못한다. 폭력이 두렵기 때문이다. 이슬람 국가의 진보를 방해하는 자들은 바로 이슬람 원리주의(이하 원리 주의로 약칭)집단이라고 생각한다. 개혁자들은 이슬람 내부의 모순을 제 거하는 것도 지하드로 해석한다. 이들이야말로 이슬람의 진정한 지하디 스트인지도 모른다. 얼마 전 알 자지라 방송은 원리주의자들이 합리적 소 리를 내는 무슬림들을 납치한 사건도 소개한 적이 있다. 아프간에서는 아 프간인들도 탈레반에게 납치당하는 일이 종종 있었다. 납치당한 자들도 물론 무슬림들이다. 예를 들면 수단은 1960년대 북부의 이슬람 지역과 남 쪽의 기독교와 애니미즘(또는 샤머니즘) 간에 치열한 내분이 일어났다. 그 갈등은 지금도 계속되고 있다. 이슬람 대통령은 샤리아(이슬람 율법)를 남 쪽에도 적용하려고 하였다. 남쪽 사람들은 극렬하게 반대하여 나라가 두 쪽으로 갈라지는 위기 상황이었다. 이슬람 개혁자 타하Mahmoud Mohammed Taha는 합리적 중재안을 내놓았다. 그러나 그는 배신자로 처 형당하고 만다. 이러한 사례는 너무나 많다. 소수 과격분자의 극단적인 행동과 반대로 인하여 이슬람은 무서운 종교로 두려움의 대상이 된다.

최근 인도네시아 이슬람 지도자들은 이라크에서 시아파와 수니파의 내전을 중재하려고 노력을 하였다. 2007년 4월 인도네시아 보골에서 시 아, 수니 양파의 일부 지도자들이 모여 이슬람 세계의 양파 간의 갈등 해소를 논의하였다. 양파 성직자들이 회담을 하고 성명서를 발표하였지만 중동의 이슬람은 도리어 인도네시아 이슬람을 이슬람의 외곽 초소outpost 정도로 무시하고 만다. 그래서 인도네시아 이슬람 지도자들은 온건한 인도네시아 이슬람을 배우라고, 근대화와 기술을 도입하고 인도네시아의 민주주의를 배우라고 충고하지만 마이동풍이다.

중동의 많은 나라들은 원리주의 집단에 납치당하고 있다. 예멘 정부는 가능하면 미국과 이스라엘과 화해하려고 한다. 그런데 남부 오사마 빈 라덴의 고향에는 과격 이슬람 집단들이 정부를 괴롭히고 있다. 테러가 계속 일어난다. 왜 미국과 이스라엘과 화해하려고 하느냐고 항의한다. 이슬람 국가가 미국이나 이스라엘과 화평하려고 하는 시도 자체를 이슬람에 대한 배신으로 간주한다.

"빈 라덴 넘버 원, 조지 부시 넘버 텐"

이슬람 원리주의는 폭력을 정당화하기 때문에 사람들이 싫어한다. 그럼에도 원리주의는 무슬림들의 마음을 납치한 셈이다. 중동의 무슬림들은 이구동성으로 이슬람은 결코 테러 종교가 아니라고 강하게 역설한다. 그러나 한 택시 기사는 필자에게, 묻지도 않는데 타자마자 "빈 라덴, 넘버 원, 조지 부시, 넘버 텐" 한다. 탄 손님을 불안하게 한다. 이슬람은 테러가 아니라고 함에도 불구하고 빈 라덴은 중동의 체 게바라로 영웅시된다. 알 자지라 방송의 런던 특파원 오스리 푸디는 "이제 알 카에다는 물리적으로 존재하지 않는다. 알 카에다는 이슬람의 마음 속에 있다. 이는 훨씬 더 무서운 일이다."라고 지적한다. 런던 더 타임지는 세계 각국에 독립적으로 활동하는 알 카에다를 잠복세포sleeper cell로 표현한다. 알 카에다가 숨어 있는 것이 아니라 마음 속에 숨어있다는 말이다.

필자는 2007년 2월 예멘의 사다 대학 이슬람학과 세 교수와 인터뷰를 하였다. "왜 이슬람에서 테러가 많으냐?"고 물었다. 교수들의 대답은 물론 "이슬람은 테러가 아니다."라고 한다. "그러나 미국이 아프간과 이라크를 침공한 것은 테러이므로 테러는 테러로 대처할 수밖에 없지 않느냐."는 논리를 전개한다. 즉 심정적으로는 테러를 지지한다. 여기에 중동 이슬람 세계의 논리적 모순이 있다. 결국 테러를 지지하는 것이다.

만지Manji라는 자는 "이슬람은 너무 오랫동안 귀를 막은 채 이슬람은 평화라고 외친다. 우리들은 꾸란에서 마음에 안 드는 것은 물에 담그고 마는 경향이 있다. 꾸란을 지우거나 수정하지 말고 인정하라. 온건한 유대인들이나 기독교인들이 죄들을 고백하는 것을 배워야 한다. 그렇게 하면 넓은 서구세계의 신뢰를 구축할 수 있다."고 부언한다.[6]

와합주의Wahhabism를 수출하는 사우디

이슬람 국가들은 이구동성으로 테러는 이슬람이 아니라고 하면서도 테러를 가르치고 테러를 계속 수출한다. 안토니 바스부는 와합주의(이 용어를 와하비야 운동 혹은 와하비 신앙운동으로도 번역하나 와합주의로 함)를 노골적으로 이데올로기라고 말하는데, 사우디는 와합주의를 수출하는 이슬람 선교 대국이다. 뿐만 아니라 매달 60~80명의 테러리스트를 시리아를 통하여 이라크로 파송, 이라크의 내전을 더 부채질한다. 물론 사우디 정부는 '참 이슬람'을 수출한다고 강조한다. 그러나 모로코의 한 이슬람 단체가 지적한 것같이 사우디가 수출하는 이슬람은 위험한 이슬람이다. 그런데 사우디 이슬람이 이미 한국에서도 활동하고 있다. 우리는 '사랑과 관용과 평화의 이슬람'이 한국에서 활동하는 것을 막을 수도, 반대할 필요도 없다. 대한민국은 종교의 자유가 보장되었다. 다른 종교의 선교나 전도를 막을 수 없다. 헌법이 이것을 보장한다. 하지만 와합주의나 다른 원리주의 집단의 한국 상륙은 단호히 저지해야 한다. 이러한 과격한 이슬람은 사회 혼란을 가져올 수 있다. 그런데 사우디는 와합 이슬람 수출을 위하여 많은 투자를 한다. 아프간 사태로 한국 선교가 엄청난 비난을 받는다. 그러나 우리 사회가 와합 이슬람 선교를 관용한다면 무언가 문제가 있다고 본다.

사우디는 와합주의의 포교를 위하여 왕실이 주는 상금 제도를 신설, 이슬람 연구와 선교에 기여한 사람에게 막대한 상금을 주는데, 상금을 받는 자들은 주로 외국인이라고 한다. 몇 년 전 사우디 정부가 발간한 보고서에 의하면 지난 30년 동안 사우디가 지원하여 세운 모스크는 1천 5백 개이며, 종교학교가 2천 개, 210개의 이슬람 문화센터, 202개의 중학교를 유럽과 미국에 세웠다고 한다.7 사우디는 세계 최대의 석유수출국이자 세계 최대의 이슬람 수출국이 되는 셈이다.

이란은 아프간정부를 도우면서도 탈레반에 무기를 공급하고 팔기도 한다. 탈레반 테러를 지원한다. 물론 이란 정부는 이것을 부인한다. 미국과 연합군들은 탈레반 소탕 작전을 벌이지만 파키스탄의 이슬람 학교 마드라사madrasas는 탈레반의 못자리판 역할을 한다. 이슬람 학자들이나 선교사들은 이슬람은 테러가 아니라고 하는데, 어떻게 이슬람 종주국이 테러를 수출하는지를 해명해야 한다.

서방 세계의 일부 과격 이슬람 세력은 지하드를 선동하고 가르친다. 2007년 1월 호주의 세계이슬람청년센터 회장 무함마드Sheikh Fetz Mohammad가 아이들에게 이슬람을 위하여 순교하라고 독려하면서 유대인들을 돼지로 언급하는 DVD를 제작하였다. "나에게 아이들이 이슬람을 위하여 순교하는 마음을 가진 것보다 더 반가운 것은 없다. 부드러운 마음을 가지되 전사로 죽을 각오를 하라.” 이 말에 호주 정부가 비난 성명을 발표하여 이슬람과 긴장이 조성되었다. 이전에 호주 최대 모스크 이맘이 여성 강간을 정당화하는 발언을 하여 비난을 받은 바 있다. 그 이맘은 차도르를 하지 않은 여성은 포장하지 않은 고기와 같다고도 하였다. 이러한 케이스는 호주의 이슬람에만 있는 것은 아니다. 영국의 원리주의자들이 많은 한 모스크도 지하드를 부채질한다. 런던 테러 이후 알 카에다 비밀조직은 웹 사이트를 통하여 테러는 영국의 이라크 및 아프간 전쟁의 개입에 대한 보복이라고 하면서 “기뻐하라 무슬림 사회여”라고 하였다. 유럽에서 일어난 테러는 여기서 다 말할 수 없다. 영국의 한 언론은 영국에는 파키스탄과 북아프리카 이민자들 중에 실업자가 많아서 사회적 불만이 높다고 쓰고 있다. 16~24세의 청년 중에 22%가 실업자이다. 그래서 영국에는 1만~1만5천 명의 청년들이 알 카에다를 지지한다. 이들을 ‘룸펜 지하디스트lumpen jihadists’ 라고 부른다. 미국도 극단적 미국 무슬림 개종자들의 모집 가능성을 예고하고 있다.

테러는 이슬람만이 중단할 수 있다.

지금 미국이나 일부 서방 국가들은 테러와의 힘든 전쟁을 하고 있다. 그러나 쉽지 않을 것으로 본다. 수천 명 혹은 수만 명의 알 카에다 요원들은 위에서 명령만 떨어지면 언제 어디서든지 미군이나 민간인을 죽이고 자기도 죽을 준비가 되어있다. 빈 라덴이 9.11테러를 조종한 자로 알려지자 이슬람의 많은 학자들과 단체들이 비난 성명을 내었다. 금번 아프간 한국인 인질에 대하여 이슬람 세계가 강한 성명서를 내고 비난한 것에 감사한다. 이슬람 과격 세력은 비판을 못 봐 주는 모양이다. 살만 루시디를 번역한 사람 중에 상당수가 암살을 당하였다. 일본에서도 쓰꾸바대학의 한 교수가 루시디의 『사탄적 본문』*The Satanic Verses*을 번역하였다고 대학 구내에서 암살당하였다. 그래서 일본은 더욱 이슬람은 안 좋은 종교라는 인상을 받고 말았다.

이슬람 세계에서 일어나는 테러에 대하여 이슬람 세계는 다음의 충고에 귀를 기울어야 한다. 앤드류 크로스Andrew Cross는 타임지에 기고한 글에서 다음과 같이 말한다. 대단히 정확한 지적이다.

모든 극단주의자들이 테러를 자행하는 것은 가난이나 절망이 원인이 아니다. 그들이 의도하는 것은 자기 땅을 지배하기 위함도 아니다. 미국의 이라크 침공은 일종의 결과론에 불과한 것이다. 왜곡된 이슬람 사상이 주 동기이며, 지하드에게 하늘이 보상한다는 사상 때문이다. 서구는 이 과격주의를 군사적으로 달래거나 종결지을 수 없다. 온건 무슬림들이 일어나서 테러분자들에게 말해야 한다.[8]

후아리드 자카리아라는 중동 출신의 학자도 런던 테러범들을 범죄로 몰게 된 것은 빈곤이나 이라크 전쟁의 불만이 아니라 이데올로기로 설명한다. 유사한 것을 영화 『히틀러의 마지막 12일간』에서 볼 수 있다. 히틀러 부하 요셉 겟펠스와 처는 여섯 명의 아들을 도피시킬 수 있음에도 불구하고 약을 먹여 죽인다. "국가사회주의가 아닌 세계에서 아이들을 키운다는 것은 상상조차 할 수 없다."고 하면서. 즉 이슬람 원리주의자들의 테러는 왜곡된 세계관이 중요한 원인이다. 토니 블레어 전 영국 수상도 테러의 원인은 광신적인 사상 때문이라고 하였다. 증오와 폭력을 일으키는 과격 사상은 인생의 의미를 추구하는 청년들을 유혹한다. 오직 이슬람 세계만이 테러와의 전쟁에 키를 가지고 있다고 하였다.

　이슬람 세계는 견고하게 보이지만 붕괴의 조짐이 있다고 지식인들이 우려한다. 2006년 9월 11일자 타임지는 조심스럽게 1989년 공산주의가 갑자기 붕괴하듯, 이슬람 사회의 내부 붕괴를 예언하였다. 1940년대만 하여도 서구세계는 아무도 공산주의의 몰락을 예견하지 못하였다. 너무나 강하게 보였기 때문에. 그러나 갑자기 무너졌는데, 그것은 외부의 침략 때문이 아니라 안에서, 경제 실패로 무너지고 말았다. 그런데 그 자리를 이슬람 원리주의가 대신하려고 한다. 그러나 이미 나타난 현상인 납치, 살인, 자살 테러 등의 극약으로는 사람의 마음을 정복할 수 없다. 폭력으로 자신들이 설정한 적을 무너뜨리고 샤리아에 의한 이상사회를 건설하기 전에 자신들이 먼저 무너질 것이다. 이미 중동의 많은 무슬림 지식인들은 중동의 위기는 외부에서 오는 것이 아니라 내부에 있다고 하였다. 이슬람 과격주의는 내부에서도 마음을 사지 못하고 있다. 사람의 몸이 병드는 것은 환경에 일차적 책임이 있는 것이 아니라 자기 자신이다. 병을 이길 수 있는 체력을 길러야 한다. 미국의 이라크 침공을 온 세계가 비난하는 것 같지만 도리어 중동의 일부 청년들은 박수를 치면서 우리나라에도 와 달라고 마음으로 빈다는 사실을 직시해야 한다. 이슬람 원리주의는 자본주의, 공산주의의 대안 이데올로기를 자임하지만 세계는 도리어 불안해 한다. 이슬람 원리주의 집단은 공포를 일으키는 것을 세계 변화의 전략으로 삼는 것 같다. 그러나 사랑만이 사람과 세계를 변화시킬 수 있다.

| 미 주 |

1. アンとワ-ネ・バスブ-ス『サウジアラビア：中東の鍵を握る王國』山本知子 譯 (集英社新書, 2004), 169-170.
2. 山內昌之「西歐のテロとイスラムの間：自由と慣用のわな」『中央公論』2005年 10月, 192.
3. John L. Esposito, *What Everyone Needs To Know About Islam* (Oxford: Oxford University Press, 2002), 119-121.
4. Ⅰ・ブルマ＆Ａ・マルガリ-ト, 堀田江里 譯,『反西洋思想』(新潮社, 2006), 162-82.
5. (Oxford: Oxford University, 2001).
6. Irshard Manji, "The Trouble with Islam Today," *TIME*, August 1).
7. アンとワ-ネ・バスブ-ス『サウジアラビア：中東の鍵を握る王國』165-166.
8. Andrew Cross, "Letter", TIME, August 1, 2007: 2.

제 2 장 _새로운 전쟁의 시대: 비대칭의 전쟁

　지금 전 세계는 이슬람 테러와 전쟁한다고 하여도 과언이 아닐 정도로 테러의 공포는 전 세계 모든 나라와 관련되고 있다. 전 세계가 테러의 공포 대상으로 확대되고 있다. 그런데 과거 전쟁과는 달리 전선이 없는 전쟁, 국기가 없는 전쟁, 군인과 민간인이 다 적으로 취급받는 전쟁이다.

　21세기는 헌팅턴이 말한 대로 새로운 형태의 전쟁이 일어나고 있다. 이 전쟁을 여러 가지로 표현한다. '보이지 않는 전쟁', '이슬람 파쇼주의와의 전쟁', '문화전쟁', '종교전쟁' 등. 원리주의의 주 적은 사실은 기독교와 유대인들이다. 그러나 우리들에게는 총과 칼이 없다. 다만 영적인 방법으로만 할 뿐이다. 바울은 "우리의 씨름은 혈과 육에 대한 것이 아니라"고 하였다. 그런데 총보다 더 무서운 무기를 든 과격 종교인들과 전쟁을 해야 하는 시대가 온 것이다.

　테러집단은 국가 권력과 조직이 없음에도 핵무기까지 소유할 수 있는 엄청난 힘을 가진다. 2007년 8월 21일 신문들은 핵무기가 테러분자들의 손에 들어갈 위험성이 높다고 보도한다. 특히 탈레반을 지원하는 파키스탄이 제일 위험한 나라로 지목되고 있다. 파키스탄에서 핵무기를 개발하는 학자들 중에는 탈레반과 가까운 자들이 많다는 것이 전문가들의 일치된 견해이다. 그 다음은 북한이고 러시아이다. 9.11테러를 후쿠야마는 2차 대전 때의 히틀러나 구 냉전 시대 때의 소련에 못지않은 파괴력을 나타낸 것으로 본다. 어떤 점에서 세계는 제4차 대전의 위험에 직면하고 있다고 말한다.[1] 무서운 말이다.

　지난 20세기는 서구문명 국가가 무서운 전쟁을 벌인 세기이다. 그런데 제1차 세계 대전 및 2차 세계 대전을 자기 민족이 최고라는 배타적이고도 공격적인 민족주의가 남의 나라를 정복하려는 전쟁이었다. 민족주의, 이슬람 파쇼주의, 일본의 도조히데끼의 군사 파쇼적 민족주의이다. 민족주의라는 이름의 집단주의였고 전체주의였다. 냉전은 비록 총 쏘지 않고 끝났지만 경제적으로 세계를 양분하여 가진 자와 가지지 못한 자로 양분화하는 이데올로기의 전쟁이었다. 가지지 못한 자에게 사회적, 경제적 유토피아를 비전vision으로 제시하였다. 그러나 그 비전은 처음부터 실험된 적이 없는 비전이었다. 도리어 무서운 집단주의 혹은 전체주의로 세계 많은 나라를 비극으로 몰아넣고 말았다. 그런데 세계는 이제 종교적 집단주의 혹은 전체주의의 도전에 직면하고 있다. 바 삼　티 비 는　이 것 을　원 리 주 의 적　도 전Die fundamentalische Herausforderung으로 정의한다.[2] 전자의 두 이데올로기가 다 세계정복의 야망을 가진 것처럼 이슬람 원리주의 역시 세계를 알라신에게 복종시킨다는 종교적 명분으로 세계를 정복하는 것이 그들의 궁극적 목표이다. 이렇게 본다면 20세기 초반의 두 전쟁은 민족주의적 집단주의와의 전쟁이었고, 냉전시대는 사회주의적 집단주의와의 전쟁이었다. 이제 21세기는 종교적 집단주의와 전쟁하는 시대가 되었다.

　세계에서 결코 미국이나 서방만 이슬람 테러와 전쟁을 하는 것은 결코 아니다. 러시아는 체첸의 이슬람 원리주의와, 중국은 위구르 독립을 외치는 원리주의자들과 전쟁을 해야 할 정도로 경계를 하고 있다. 중앙아시아 대부분의 나라들은 구소련에서 독립을 하였지만 과격 이슬람 세력의 내부적 도전을 받고 있다. 그래서 견제하는 수단으로 기독교 선교사들도 종종 추방한다. 과격 세력에게 기독교 선교는 허용한다는 빌미를 주지 않기 위함이다. 중동의 대부분 국가들도 이슬람 원리주의 집단을 항상 경계하기도 하고 달래기도 한다. 따라서 테러 전쟁은 헌팅턴이 말한 것 같이 서구 기독교와 이슬람만의 충돌이 아니다. 온건 이슬람과 과격 이슬람 간의 전쟁이기도 하다. 와합 원리주의의 사우디는 빈 라덴을 키웠다. 그리고 많은 테러리스트를 배출한다. 테러리스트의 40%는 사우디 출신이라는 사실은 이것을 증명한다. 그러나 사우디는 빈 라덴을 추방하고 말았다. 결국 사우디나 대부분의 다른 이슬람 국가들은 이슬람 원리주의 집단과의 힘든 전쟁을 하고 있다. 이러한 케이스를 여기서 다 거론할 수 없을 정도이다.

하지만 미국이 벌이는 테러 전쟁은 아이러니한 면이 있다. 바로 알카에다나 탈레반을 키운 것은 오히려 미국이다. 어제의 우군이 오늘은 적이 된 셈이다. 아프간이 소련과 전쟁을 할 때, 미국은 아프간에서 소련을 몰아내기 위하여 빈 라덴을 위시한 이슬람 원리주의자들을 지원하였다. 심지어 이들 중 일부는 미국의 지원으로 미국에 센터를 설치하기도 하였다. 그런데 미국이 지원한 이슬람 원리주의자들은 결국은 미국을 가장 미운 적대국으로 삼는다.

사자가 자기 몸의 벌레와 싸우는 전쟁?

그런데 미국의 대 테러 전쟁을 외부 세력과의 전쟁이 아니라 미국 내부의 모순으로 인한 자기와의 전쟁으로 비판하는 목소리가 만만치 않다. 이것을 혹자는 사자가 자기 몸에 붙은 벌레와 싸우는 전쟁으로 묘사한다. 테러를 없애기 위하여 미국은 이슬람 테러 세력을 비호한다고 생각되는 아프간을 침공하여 탈레반을 축출하였고 그 여세를 몰아 곧 이라크를 침공하였다. 그러나 이라크 침공은 몇 년이 지나도 이라크 내전으로 확산되어 철군론이 강하게 목소리를 높이고 있다. 국내적으로는 실패한 전쟁이라는 비난의 여론이, 해외에서는 반미감정이 극에 달하고 있다. 이라크 침공으로 반미감정은 일종의 반미 이데올로기로 정착하고 있다. 아프간 사태를 통하여 한국의 반미 세력은 결국 반기독교임을 드러내고 있다. 아프간 전쟁도 침략 전쟁으로 보는 견해가 우세하다.

그러나 우리는 상황을 좀 더 포괄적으로, 그리고 깊이 있게 보아야 한다. 또 어떤 각도에서 보는가가 중요하다. 필자는 직접 이 나라의 사람들과 대화하면서 많은 것을 배웠다. 이라크 전쟁의 경우, 수니파들에게는 침략 전쟁이다. 그러나 시아파와 쿠르드인들에게는 분명 해방 전쟁이다. 물론 기독교인들도 감사하게 생각한다. 바그다드 복음교회의 한 원로 장로는 미국의 이라크 침공을 해방전쟁으로 감사해한다. 그러나 미군의 장기 주둔은 바람직하지 않다고 하였다. 이라크 전쟁으로 제일 득을 본 자들은 북부 이라크 지방의 쿠르드족들이다. 쿠르드 지방은 하루가 다르게 발전한다고 외신이 전한다. 시아파 사람들이 이라크 전쟁을 찬성한 것은, 미군이 남부지방을 쉽게 점령한 사실에서 증명된다. 이라크 남부지방은 주로 시아파 이라크 군인들이 방어를 담당하였는데, 미군이 들어오자 기다렸다는 듯이 도리어 길을 열어주었다는 것이 중동의 한 예비역 장교의 평가이다. 아프간 경우 역시 하자라족 등 비 파슈툰 부족들은 미군의 침공을 탈레반에서의 해방으로 감사해한다.

더 중요한 사실은 미국의 이라크 침공으로 중동에서 민주주의의 도미노 현상이 일어난 것을 인정해야 한다. 사우디도 최근 투표를 실시하였고 쿠웨이트, 레바논, 이집트 등에 적지 않은 영향을 미치었다. 이란의 한 신자는 테헤란 시내 벽에 청년들이 몰래 미국이 이란도 침공하라는 벽보를 붙였다는 사실을 전한다. 이것은 이란뿐만 아니라 이집트 등 중동 국가에도 나타나는 현상이라는 것이다. 이슬람 원리주의자들은 철저히 반미, 반서구를 외치지만 이미 중동 사회는 서구문화가 깊이 침투하고 말았다.

이슬람 테러의 동기는?

9.11테러는 이슬람 원리주의 집단이 공식적으로 전 세계를 향하여 선전 포고를 한 셈이다. 빈 라덴은 9.11이후 노골적으로 "미국과 유럽 사람은 군인이든 민간인이든 죽이는 것이 모든 무슬림의 신성한 사명"이라고 외쳤다. 그러면 알 카에다, 탈레반 등 모든 이슬람 원리주의 세력들이 노리는 것은 무엇인가? 이들의 일차적 목표는 자기 땅에서 미국과 모든 서방 세계의 사람들을 몰아내고, 미국과 서방 세계를 파멸시켜 세계를 정복하는 것이다. 그러나 그들이 미워하는 가장 중요한 적은 사실 기독교와 유대인들이다. 9.11이후 사우디아라비아의 한 이슬람 지도자는 미국의 지도층 사람들에게 미국이 테러와 전쟁을 안 할 수 있는 유일한 방법은 미국이 이슬람으로 개종하면 된다고 하였다. 얼마나 무서운 말인가? 서방 세계의 논리를, 종교는 개인의 자유라는 것을 모르는 것인지, 아니면 자기 종교에 대한 지나친 확신 때문인지?

원리주의 집단들의 일차 목표는 중동 땅에서 모든 '적'들을 몰아내는 것이다. 이들이 자기 땅을 밟는 것을 신성 모독으로 생각한다. 빈 라덴의 반미 테러는 이것이 가장 중요한 원인이다. 다음 단계로 이스라엘을 파멸시키는 것이다. 식민지 논리와 정치적 반미는 외형적 구실에 불과한 셈이다. 제3세계의 모든 나라들은 다 식민지의 피해자들이다. 반서구, 반미 감정은 결코 중동에만 국한되는 것은 아니다. 60년대 해방신학이 등장할 때 남미도 미국의 피해자라는 주장을 하면서 반미 감정을 표출하였다. 그러나 그것이 남미 상황의 여러 원인 중의 하나이지 결코 전체는 아니다. 자기 나라 운명은 스스로 져야 한다.

이슬람 테러의 중심에는 항상 빈 라덴과 알 카에다가 있다. 빈 라덴의 반미 증오는 정치가 아니라 종교이다. 왜 미군이 거룩한 땅 사우디에 주둔하느냐고 공격한다. 미군 주둔이 신성한 사우디를 더럽힌다고 생각하는 이유는, 미군들 중에는 기독교 신자와 유대인들이 있기 때문이다. 빈 라덴은 동시에 미국이 사우디의 석유를 도적질한다고 신랄하게 공격한다. 그는 미국인들에게 보내는 편지에서 이렇게 쓰고 있다. "당신들은 국제적 영향과 강한 군사력의 위협으로 우리 석유와 부를 싼값으로 도적질하고 있소. 이 도적질은 세계 역사에서 인류가 경험하는 가장 큰 도적질이오."3

국제정치학자들은 이슬람 테러의 원인으로 이슬람 교리 자체, 즉 종교 내적 요인을 중시한다. 이슬람의 교리가 다른 종교보다 테러를 자극할 수 있는 내적 요소로 지하드 교리와 이슬람 종말론 사상과 세계를 이슬람 세계와 비이슬람 세계로 나누는 이분법적 세계관과 과거 이슬람 역사를 든다. 특히 종말 사상과 관련된 것은 역사 음모론과 위僞 구세주 사상이다. 종말에는 종말의 전조로서 가짜 메시야가 등장하는데, 그 가짜가 바로 미국이라는 것이다.4

9.11테러는 미국이 유대인과 짜고 만든 음모라고 주장하는데 이것도 종말의 전조라는 것이다. 9.11테러 때 뉴욕 쌍둥이 빌딩에는 공교롭게도 유대인들은 한 사람도 없었다는 것이다. 유대인들은 사전에 미리 알고 다 피신하였다고 하면서 유대인 음모설을 제기한다. 하지만 유대인도 5명 정도 죽었다고 한다.

이슬람 원리주의자들은 이슬람 세계는 알라의 선한 세계이고, 비이슬람 세계, 특히 서방과 미국은 전쟁의 지역이라고 단정한다. 이것은 불가피하게 유럽에 대한 증오심을 일으킨다. 베를린의 한 이슬람 이맘은 독일인은 불신자들이기 때문에 지옥 불에 사로잡힐 것이라고 말하였다. 그런데 공교롭게도 이것이 독일 기자의 카메라에 잡혔다. 네덜란드에서는 이슬람을 싫어하는 데오 반 고흐라는 영화감독이 이슬람을 주제로 한 영화를 만들었다. 고흐 감독은 곧 암살당하고 말았다. 이 사건을 계기로 유럽에서는 반이슬람 정서가 일어나고 있다. 프랑스에서는 무슬림 여학생들이 히잡을 쓰는 것으로 논란이 계속되고 있다. 학교 당국이 보기 싫다고 강의실에서는 못쓰게 하자 무슬림들은 문화간섭이라고 항의한다. 유럽에서 문화충돌이 일어나고 있다.

이슬람 원리주의자들은 서구만을 노리는 것이 아니라 자기들 나라를 변화시키는 것도 중요한 일이라고 생각한다. 그들은 이슬람 역사에서 과거 황금시대가 있었는데, 다시 그 황금시대로 돌아가자고 외친다. 샤리아에 의하여 나라를 다스리면 이러한 황금시대가 얼마든지 가능하다고 확신한다. 즉 이슬람 신정국가 건설이다. 호메이니의 이슬람 혁명은 좋은 모델이다.

그러나 중동에서 주로 일어나는 테러와 암살은 최근의 일이 아니라 11세기로 거슬러 올라간다. 암살을 의미하는 영어 아사신assassin이 생겨난 배경은 1094년 칼리프 알 무스탄실이 죽자 주도권을 둘러싸고 이스마일리 무슬림들 간에 분쟁이 있었다. 이들은 서로 죽이는 전쟁을 치렀는데, 여기서 암살이라는 단어가 유래하였다는 것이다. 중동에서 암살과 테러는 20세기 초 이스라엘과 팔레스타인 간의 서로 죽이고 죽는 테러가 수차례 있었다. 그러나 세계를 놀라게 한 아랍 테러는 1972년 독일 올림픽 경기 때 아랍 테러리스트들이 이스라엘 선수를 납치, 살해함으로 이슬람 테러가 세계적으로 선을 보인 셈이다.

비대칭 전쟁

일본의 이슬람 전문가 이케우치 사토시는 이슬람 원리주의와의 전쟁을 '비대칭 투쟁非對稱 鬪爭'으로 묘사하였다.[5] 멋진 용어이다. 대칭이란 글자대로 풀이하면 서로 같은 종류가 서로 대치하는 것을 의미한다. 과거 전쟁은 나라 대 나라, 군인 대 군인, 그리고 전쟁터가 있었다. 물론 적을 마주 보면서 한다. 멀리 있어서 보이지 않아도 일단 적은 무장하고 대오를 형성한다. 적진의 민간인은 죽여야 할 적은 아니다. 전쟁을 할 때는 사전에 선전포고를 한다. 진주만 기습도 일단 선전포고를 하였다. 그러나 일본이 진주만을 습격할 때 선전포고를 하였는데, 그 선전포고는 비굴한 선전포고라고 말한다. 일본 잠수함과 항공모함을 미리 진주만 가까운 곳에 대기시켜 놓고 선전포고를 하였기 때문이다. 즉 미국 영토에 이미 침입한 후에 전쟁을 시작한 셈이다. 그래서 미국 외교관이 일본대사에게 일본 본토에서 미국까지 30분 만에 올 수 있는 비행기나 배를 좀 보자고 비꼬았다는 것은 유명한 에피소드이다.

그런데 재미있는 사실은 트루먼 대통령은 기습 사실을 미리 다 알았다고 최근 미국의 한 저널리스트가 『기만의 때』라는 저서에서 밝혔다.

트루먼은 히틀러가 유럽을 휩쓸고, 일본이 아시아를 다 점령하는 상황에서 미국의 개입이 없으면 두 독재국가가 세계를 정복할 것으로 판단, 미국의 전쟁 개입을 제안하였다. 그러나 국민들은 그것을 원치 않았다. 결국 미국이 당해 봐야 개입할 것으로 판단, 희생을 최소화하는 방향으로 기습을 기다렸다는 것이다. 역시 시대를 앞서 보는 지도자의 통찰이다.

그런데 미국이 수행하는 이슬람 테러와의 전쟁은 과거에는 전례가 없었던 특이한 전쟁이다. 전쟁은 적이라는 상대방이 있고 전쟁의 목적도 이해관계가 불일치하여 무력으로 충돌하며 전쟁 기한도 대체로 어느 정도 한정성을 띤다. 그리고 총을 쏘는 대상은 전투에 참여하는 군인이다. 후방의 민간인을 적국의 사람이라고 해서 함부로 죽이지 않는다. 그런데 세계를 공포로 몰고 가는 이슬람 테러 전쟁은 정치적 목적이 아니라 종교 이념을 근간으로 한다는 것이다.

대부분 사람들은 9.11테러를 미국의 일방주의와 교만이 빚은 대가라고 정치적 해석을 하는데 비하여 사토시는 완전히 다른 결론을 내린다. 대단히 의미심장한 분석을 한다. 비대칭 투쟁을 다시 설명하면 이슬람 과격파의 전쟁 목적은 현세를 초월하는 종교 이상을 실현하고자 하는 것이다. 거기에 대하여 미국의 목적은 일단 자국민과 동맹국의 안전을 지키는 데 있다. 그리고 전쟁의 기간 역시 미국은 속히 종결을 보기를 원하지만 이슬람 원리주의자들은 종말 때까지 계속한다. 자기가 못하면 다음 사람이나 후손에게도 물려줄 정도이다. 또한 그러한 시스템이 이미 되어있다. 미국과 끝까지 싸우는 주된 이유는 미국이 가짜 구세주이기 때문이다. 그가 말하는 비대칭 투쟁은 먼저 이슬람 원리주의자들의 투쟁 목적이 완전히 비현세적인 종교적 가치관과 세계관에 기초한다는 것이다. 공교롭게도 이 이론은 한 이슬람 학자가 이라크 전쟁을 부시의 기독교 원리주의와 이슬람 원리주의의 충돌로 해석하는 것과 일치한다. 여기에 더 첨가하여 이스라엘의 유대교 과격주의도 중요한 역할을 한다. 이점에서 현재 중동에서 전개되는 전쟁은 바로 이슬람 원리주의, 기독교 원리주의, 유대교 원리주의의 충돌이라고 말하여도 무리는 아니라고 본다. 사토시는 중동의 전쟁은 이슬람의 종말론과 정치사상이 기독교적 서구와 전쟁을 불가피하게 한다는 것이다.

이슬람의 종말 사상은 최후의 심판 때는 사람이 선과 악으로 갈라지고 구세주와 위僞 구세주가 함께 등장, 결국 싸움은 불가피하다는 것이다. 일부 세대주의 신학자들도 종말에 일어날 아마겟돈 전쟁은 중동에서 일어날 종교전쟁으로 해석한다.

2004년 6월 3일 부시는 공군사관학교 연설에서 제2차 세계 대전 때 유럽이 가장 중요한 전선이었듯이 중동은 현대 테러와의 전쟁에서 가장 중요한 지역이라고 하였다. 자베르 전 요르단 외무장관은 이러한 중동에 대하여 "중동은 머릿수로 따지면 세계 어디보다도 많은 예언자를 배출한 땅이지만 미래를 예언하기는 가장 어려운 지역 중의 하나다."라고 하였다.[6] 아주 적절한 지적이다.

이상의 내용에서 중동은 현대 국제 정치에서 세계의 화약고나 다름없음을 알게 되었다. 냉전 시대는 서구적 자본주의가 공산주의와 싸운 시대라면 21세기 전쟁은 서구의 자본주의와 이슬람이라는 이데올로기가 투쟁하는 시대이다.

| 미 주 |

1. Francsis Fukuyma, *America at the Crosroads: Democarcy, Power and the Neoconservative Legacy* (New Haven: Yale University, 2006), 70-71.

2. Bassam Tibi, *Die Fundamentalistische Herausforderung: Der Islam und die Weltpolitik* (Munchen: Verlag C.H.Beck, 1992)을 참조할 것.

3. Special Report Saudi Arabia and oil, "What if?," *The Economist*, March 29-June 4th, 2004: 66.

4. 池內 惠『アラブ政治の今を讀む』(中央公論社, 2004), 147.

5. 池內 惠『アラブ政治の今を讀む』, 17.

6. 카멜 아부 자베르, "주권 이양 후의 이라크," [조선일보], 2004년 7월 9일: A35.

제 3 장 _**이슬람**은 **어떤** **종교**인가?

　우리 시대는 남의 종교를 존중해야 하는 시대이다. 내 종교가 중요하면 남의 종교도 중요하다는 것이 우리 사회에 정착되고 있다. 그러나 종교도 학문의 분야에 속하여 타당한 비판은 불가피하다. 하지만 이슬람 세계는 비판을 싫어하는 경향이 있다.

　이슬람 원리주의도 이슬람에서 나왔는데, 과격성을 띠고 있는 것에 대하여 많은 논란이 있다. 이슬람 원리주의를 사회 정치적 차원에서만 접근한다면 과격 논리의 뿌리를 바로 파악할 수 없을 것이다. 어디까지나 이슬람이라는 종교 자체에서도 원인을 규명해야 한다. 탈레반이나 빈 라덴의 알 카에다는 항상 꾸란을 앞세운다. 마치 기독교에서 "여호와 가라사대"가 절대적 잣대인 것처럼.

　먼저 이슬람을 좋은 종교로 평하는 자들도 이슬람을 정치 이데올로기로, 혹은 정치성이 너무 강한 종교로 보는 데는 대체로 일치한다. 일본의 오사마 미야타는 이러한 견해의 대표적 학자이다. 그는 "이슬람은 정치에 있어서는 협의와 합의의 정신을, 경제적으로는 평등의 가치관을, 사회적으로는 공정의 개념을, 그리고 일상생활에서는 신의 가호를 얻는다고 말하는 강한 확신을 무슬림들에게 주고 있다."고 말한다. 이슬람의 평등, 기부금 제도, 예배와 금식 등의 의식이 이슬람을 세계적 종교로 만들어

2020년에는 세계 인구의 1/3이 무슬림이 될 것으로 예견한다. 그러나 그는 이슬람을 자본주의를 대신하는 이데올로기로 본다.

이슬람도 부흥을 유발하는 내적 요인으로 인하여 1970년대 특히 급성장하였다. 물론 1970년대는 한국교회도 성장하는 시대였고 동시에 다른 아시아 종교도 부흥하는 시기였다. 그러나 이슬람의 부흥은 개인주의적 종교인 기독교나 불교와는 달리 '위에서부터'라는 특징을 가진다. 이 말이 의미하는 것은, 서양에서는 종교적 결정이 대개 전체적이거나 공동체적인 것이 아니고 물론 강압에 의한 것도 아닌, 철저히 개인적 선택과 자발성에 기초한 것인데, 아시아에서 이슬람 부흥 운동은 단순히 완전한 종교적 자유에 따른 개인주의적이고 자발적인 행위에 근거한 종교 운동이 아니라, 국가적 정체성 및 문화적 정체성과 관계가 깊다는 것이다.

무슬림들은 이슬람이라는 종교는 하늘에서 떨어질 정도의 참 종교임을 역설하고 도리어 기독교가 실패한 종교임을 주장한다. 그러나 이슬람이 차용 종교라는 것은 부인할 수 없는 사실이다. 꾸란의 상당 부분은 구약과 신약의 차용이며 최후 심판 때에 모든 사람들은 자기의 행위가 저울 위에 올려진다는 가르침은 사실상 이집트의 신화에서도 나온다는 사실을 중시해야 한다. 유대교와 콥틱 정교회가 이미 금식을 실천하였고 콥틱 신자들은 이마를 땅에 대고 절한다. 이슬람 전문가 크래그는 이슬람의 많은 교리와 의식은 다른 종교의 차용임을 강조한다. 무함마드는 당시 많은 유대인과 기독교인들과 접촉이 많았다. 특히 그의 부인들 중에는 기독교인과 유대인도 있었다는 주장까지 제기된다. 그러나 당시 그가 접한 기독교는 성경적 기독교로서의 아이덴티티를 상실하고 우상화되었다는 징조가 많다. 무함마드가 기독교를 다신론으로 생각한 것은 삼위일체 교리 외에 당시 기독교 신자들이 우상적 기독교를 실천한 데 원인이 있었다고 한다.

이슬람은 사막의 종교이다. 아시아의 종교인 힌두교와 불교가 인도의 산을 배경으로 형성되고 발전하였다면, 이슬람은 아라비아의 사막을 배경으로 형성되고 발전하였기 때문에 동양의 종교이면서도 정적이고 사색적이라기보다는 동적이고 전투적이다. 크래그는 이슬람은 황량한 사막을 배경으로 하기 때문에 교리, 생활, 습관 등이 아주 엄격하고 남자답게 용맹하며 거칠다고 말한다. 사막이라는 환경이 이슬람에 많은 영향을 주었다는 것이다. 사막에서는 밤의 달도 뜨겁고 사막에서 반사되는 낮의 태양도 뜨거워 이슬람은 두 뜨거움two heats 사이에서 등장하였다는 것이다. 무함마드의 설교 역시 사막이라는 환경을 무시할 수 없다는 것이다. 이슬람이 개인보다 공동체를 더 우선시하여 종교적 집단주의라는 이데올로기적 성격을 띠게 된 것 역시 철저히 혼자서는 살아가기 힘든 사막의 환경과 무관하지 않다. 사막의 생활에서는 함께하지 않을 때 자멸할 수밖에 없다. 공동체에 대한 복종과 충성은 사막생활의 특징인데, 이것이 이슬람 종교에 투영되었다. 따라서 이슬람이라는 단어는 복종을 의미한다. 그러나 혹자는 평화를 의미하는 것으로 해석하기도 한다.

이슬람은 기독교, 유대교와 많은 공통점을 가지는데, 세 종교의 신이 같으냐 혹은 다르냐가 뜨거운 논쟁이 되고 있다. 복음주의 기독교는 기독교의 하나님과 알라는 절대 다르다고 말하면서 이슬람을 경계한다. 그러나 이슬람 문화권에서 사역하는 복음주의 목사들이나 학자들 중에는 두 종교의 신은 같다고 말하기도 한다.

한국 무슬림 학자가 최근 한국어 번역 꾸란에서 알라를 하나님으로 번역하여, 기독교의 하나님과의 구분을 모호하게 해버렸다. 거기에 특별한 의도가 있는지, 아니면 신학적으로 특별한 이유가 있는지 궁금하다. 그러나 두 종교에 대하여 중립적인 입장을 취하는 종교학자들이나 연구자들 역시 구약의 야훼와 이슬람의 알라를 동일시한다. 기독교의 하나님이나 이슬람의 신이나 다 같이 아랍어로는 알라로 번역하였기 때문이다.

창설자 무함마드: 종교 지도자, 정치 지도자, 군사 지도자

먼저 이슬람의 창설자 무함마드를 논하기에 앞서 무함마드가 이슬람에서 차지하는 비중을 알아보자. 그는 한마디로 종교 지도자이고 정치 지도자이며 군사 지도자였다. 종교 지도자로서 무함마드는 이슬람을 창시한다. 그리고 부족 사회를 통일하여 정치의 수장이 된다. 동시에 군사 지도자로 메디나를 정복한다. 통합적 지도자인데, 이러한 모델을 성경에서 찾는다면 모세와 비슷하다. 이것은 동시에 이슬람이 정치와 종교의 분리를 어렵게 하는 대목이다. 권력의 절대화를 야기할 수도 있다. 그래서인지는 몰라도 이슬람 국가는 민주주의가 어렵다. 이슬람 세계는 무함마드의 말과 행위를 절대시한다. 모든 행동규범도 그가 무엇이라고 말하였는가를 중시한다. 중동의 신문에는 종종 이슬람 원칙이나 법을 질문하는 일이 많다. 한 무슬림이 다음과 같은 질문을 제기한다.

질문: 나는 대머리인데 무슬림 남자는 가발을 써도 됩니까?

답변: 안 된다. 어느 여자가 선지자에게 "내 딸이 머리카락이 없어져 머리 대신 다른 수단을 이용하려고 하는데 괜찮습니까?" 하고 물었다. 선지자 왈, "안 된다. 그것은 가짜 모습을 하는 것이다false appearance. 여자로서 가발을 쓰면 더 아름답겠지만 가발은 이슬람 관점에서 안 된다. 따라서 남자도 안 되는 것이다.[1]

무함마드에 대한 더 자세한 것을 알기 위하여 당시의 사회적 상황을 살펴보자. 어느 종교든지 시대적 문화적 배경을 기반으로 한다. 무슬림들은 이슬람이 기독교나 유대교와는 아무런 관계가 없이, '하늘로부터 떨어진 종교'임을 강조한다. 무함마드가 이슬람을 만들 때 아라비아는 근대적 의미에서 국가가 아니라 부족 중심의 사회였고, 부족들은 서로 치열하게 전쟁을 하였다. 당시 부족들의 생태는 '눈은 눈으로, 이는 이로'의 복수가 치열하였다. 지금 이슬람 국가에서 형벌은 꾸란에 기초하여 너무 엄격한데, 그것은 당시 부족 사회에 일반적으로 통용되었던 풍속이다. 범죄자의 오른손을 절단하는 것, 귀를 자르는 벌은 이슬람의 법이다. 그러나 동시에 그것은 당시 부족들의 법이었다.

무함마드는 쿠라이시 부족의 가난한 집안 출신으로, 부모님을 일찍 여의고 친척 집에서 자란다. 그리고 일찍부터 대상을 하는 부잣집의 일꾼이 된다. 그 부자 주인이 죽음으로 15살 연상의 미망인과 결혼한다. 대상으로 다니는 중에 산에 가서 명상을 하였다고 하는데, 명상 중에 알라신의 계시를 받았다. 이것은 당시 유대교나 기독교의 영향으로 보기도 한다. 나중에는 여러 명의 부인을 거느렸고 이슬람 국가의 최고 권력자로 군림하였다. 꾸란은 네 명의 아내를 규정하였으나 무함마드는 알라의 특별한 허락으로 더 많은 여자를 거느렸다. 죽을 때는 부인의 품속에서 편안히 죽었다. 그래서 파스칼은 무함마드는 인간 성공의 길을 택하였고 예수 그리스도는 인간 실패의 길을 택하였다고 평한다.

그때 이미 아라비아 반도에는 도시가 발전하였다. 특히 그가 살던 도시는 실크로드의 종착점이었다. 따라서 부와 영화를 누렸다. 하지만 돈이 많으면 부정부패를 하게 되는데, 당시 사회는 부패하였고 사막에서는 한 부족이 잘 살면 다른 부족이 와서 빼앗아가는 것은 예사였다. 부족간의 평화적 공존이 어려웠다.

당시 아라비아 반도의 종교적 상황은 여느 아시아와 마찬가지로 애니미즘Animism(우리는 샤머니즘으로 말함) 사회였다. 우리가 달을 숭배하듯, 아라비아 반도의 서쪽 지역에는 별을 숭상하는 다신교가 성행하였다. 이슬람 국가 국기에는 초승달이 많다. 적십자사도 적신월사로 바꾸었다. 이것은 달신 숭배의 흔적이라고 말한다. 재미있는 사실은 이라크의 남쪽 바스라에 바벨탑과 유사한 지구라트 신전이 있다. 그 신전은 유네스코가 지정한 세계적인 문화재이다. 지구라트 신전의 신은 달신이다. 이렇게 애니미즘은 일반적으로 자연을 신격화한다. 아라비아 반도도 바위와 샘물, 나무 등을 숭배하였다. 특히 사람들은 진Jinn이라는 영을 두려워하였는데, 이유는 이 영은 해악과 도움을 주는 것으로 생각하였기 때문이다. 애니미즘은 부족신 혹은 지방신을 섬긴다. 참고로 쿠라이시 부족은 세 여신을 섬겼다고 한다.

무함마드는 어디까지나 인간임을 스스로 강조한다. 그러나 무슬림들에게 무함마드는 신은 아니면서도 아주 신성시되는 존재로, 알라의 특별한 사도이다. 무함마드라는 단어에는 반드시 Peace Be Upon Him 혹은 Peace and Blessings Upon Him(약자로 P. B. U. H.: 그에게 평안이 있을지어다)을 붙여야 한다. 만약 그것이 빠지면 엄청난 신성모독이 된다. 꾸란 17장 1절에 알라가 한 밤중에 '위대한 선지자'를 거룩한 사원에서 먼 메카로 데려갔다고 말한다. 여기서 무슬림들은 무함마드가 아담에서 예수까지 모든 선지자들을 소집하여 일장 연설을 하였다고 믿는다. 수피 무슬림은 무함마드가 예루살렘에서 알라의 보좌에까지 직접 여행하였다고 믿는다. 사우디의 교과서에는 알라가 무함마드를 특별한 선지자로 선택한 이유는, 그가 성실한 사람으로 신뢰를 얻었고 거짓말을 하지 않았기 때문이라고 한다.

이슬람 연구에서 중요한 것은, 622년 메디나 정복 이후의 무함마드 사상과 640년 메카 점령 이후의 사상에 차이가 있다고 말한다. 크래그는 이것을 메칸 꾸란Meccan Qur' an 혹은 메칸 무함마드와 메디나의 호전성 Medinan belligerence으로 묘사한다. 메디나에서 무함마드는 전투적이고 강한 표현을 많이 한다는 것이다. 무함마드를 비판적 시각에서 보는 학자들은 물론 루시디의 『사탄적 본문』The Satanic Verses에 동의한다. 여기서 우리는 타종교와 창설자에 대한 지나친 비판적 시각은 유보하고자 한다.

무함마드는 지금도 이슬람 선교의 모델이 되는데, 그것은 선교가 전적으로 영적인 문제만이 아니라, 사회적, 정치적 및 군사적 문제의 통합이라는 것이다. 무함마드는 교회의 지도자였을 뿐만이 아니라 전 이슬람 공동체인 소위 움마의 지도자였다.

알라 외에 다른 신은 없다

이슬람의 신앙고백에서 가장 중요한 것은 "알라 외에는 다른 신은 없다."는 것이다. 대영백과 사전은 알라에 대한 간단한 정의를 기독교와 비교한다.

어원적으로 알라는 아랍어 알 일라(al-ilah : The God)의 단축형인 것 같다. 명칭의 기원은 셈족의 언어에서 신神을 가리키는 'Il' 또는 'El' 까지 거슬러 올라갈 수 있다. 'El' 은 구약에서 '야훼yahweh' 와 동의어로 사용된다. '알라' 는 표준 아랍어에서 '신' 을 의미하며 이슬람교도들뿐 아니라 아랍의 그리스도 교도들도 사용한다.

알라는 이슬람 신앙의 핵심이다. 이슬람 경전인 꾸란에는 알라의 실제성, 접근하기 어려운 신비, 여러가지 명칭들, 그리고 피조물들을 위한 그의 역사함에 대해 계속해서 설교하고 있다. 그 중 세 가지 중요한 주제는 ① 알라는 창조주, 심판자이며 상 주는 존재, ② 알라는 유일하고wid 근본적으로 1명인 존재 aad, ③ 알라는 전능하고 자비로운 존재라는 것이다. 신은 '우주의 주'이며 가장 높아서 아무 것이라도 그와 견줄 수가 없다. 그러므로 신자는 알라를 보호자로 숭배해야 하며 그의 동정심과 용서의 능력을 찬미해야 한다. 꾸란에 보면 신은 '선한 행위를 하는 자를 사랑한다'라고 했으며 꾸란의 두 곳에서 하나님과 사람 사이의 사랑을 표현했다. 그러나 유대-그리스도교의 개념에 나오는 '마음을 다하여 하나님을 사랑하라'는 가르침은 이슬람에서는 분명히 나타나 있지 않다. 오히려 신의 심오한 주권을 강조했으며 이 권한에 대해 사람들은 복종해야 한다고 했다. 본질적으로 '알라에게 복종하라islam'가 종교 자체가 되었다.

꾸란과 하디스(예언자 무함마드의 언행록)에는 알라의 99가지 '가장 아름다운 이름'이 언급되고 있다. 중요한 명칭은 유일한 자, 살아있는 자, 존재자, 참 진리, 숭고한 자, 전능한 자, 듣는 자, 보는 자, 전지한 자, 증인, 자비로운 자, 자애로운 자, 지혜자, 보호자, 항상 용서하는 자 등이다.

무슬림들은 '신의 뜻이라면'이라는 뜻을 가진 '인샤 알라insha Allah'라는 말을 자주 사용한다. 이것은 세상의 질서와 인간 행위에 대해 항상 신의 간섭이 있다는 것을 일깨워주는 말이다. 무슬림들은 알라의 뜻이나 명령이 아니면 어떤 일도 일어날 수 없고 또 이루어질 수도 없다고 믿는다. 그러나 이것은 동시에 이슬람 문화의 약점으로 나타난다. 일이 잘 안 될 때, 일을 결정하기 어려울 때에, 혹은 어려운 일을 변명할 때, 이 말을 쓴다. 문화인류학자들은 중동의 문화나 관습은 모든 행동을 자신이 책임지지 않고 신에게 돌리는 경향이 있다고 말한다. 무슬림은 알라에 대한 사랑이나 은혜보다는 신에 대한 절대 복종을 중시한다. 알라는 공정한 심판자이고 동시에 무서우면서도 자비심이 많으며 최상의 안식처이다.

이슬람 전문가들은 알라는 구약의 여호와 하나님과 동일한 것으로 말한다. 그래서 한국어 역 꾸란도 알라를 하나님으로 번역하여 기독교의 하나님과 동일한 인상을 준다. 파키스탄의 이슬람학자 메몬은 "알라는 기독교와 유대교에서 말하는 아브라함, 이삭, 야곱, 예수 및 모든 선지자들의 하나님과 동일한 신"이라고 주장한다.[2]

이유는 일반적으로 알려진 사실로는 알라는 구약의 연속선상에서 이해될 수 있는 것이 아니라 당시 아라비아의 상황에서 이해되어야 한다는 것이다. 무함마드 시대에 아라비아에서는 사람들이 이미 달을 알라신으로 섬겼다고 한다. 여하튼 이슬람 국가들의 국기에 대부분 초승달이 그려진 것은 이슬람 문화와 달과의 깊은 상관관계를 암시한다. 헤스팅의 백과사전에도 알라는 아라비아의 특수한 신에게 사용된 용어로 해석한다. 즉 알라는 무함마드 이전의 용어라는 것이다.[3] 미국의 이슬람 전문가 루이스 Bernard Lewis도 당시 중동 사람들이 섬겼던 신들은 대부분 부족신이거나 지방신이어서 종교는 지역적 특수성을 띠거나 조상 대대로 전해지는 것이었다. 그래서 때로는 다신론이 최고의 신인 교체일신론Henotheism으로 전진하였다는 것이다.

교체일신론交替一神論 혹은 택일신론擇一神論이란 용어는 19세기 독일의 종교학자이면서 영국에서 활동한 막스 뮐러가 처음 사용하였다. 그는 특히 힌두교를 교체일신론으로 정의하였다. 그에 의하면 본래 신은 하나인데 많은 이름들로 표현되다 보니 다른 신이 많이 있는 것처럼 발전하였다는 것이다. 교체일신론이란 많은 신들 중에 어느 것을 믿어도 종국적으로는 하나의 신에 도달한다는 사상이다. 루이스는 유대교와 기독교도 이슬람처럼 지방신이 일신론으로 발전한 것으로 본다.4 일본의 신학자 니시타니西谷幸介는 이것을 단일신교單一神敎로 표현한다.

일본의 신도와 인도의 힌두교는 택일신론의 유형이다. 두 종교 모두 다신론이다. 그러나 다신론은 부족주의를 조장함으로써 사회적 통일을 어렵게 한다. 분열과 대립으로 얼룩진 당시 반도의 통일을 위하여 정치 이념이 필요한데, 정치 이념을 종교에서 찾았고, 종교가 사회통합을 이룩하는 수단이 된다. 다만 힌두교와 신도의 택일신론은 다른 신들은 그냥 두고 그 중에서 최고신을 만들어 섬기게 한다.

일본은 종교학적으로 말하면 택일신론을 통하여 국가통합을 이룩하여 세계 강대국이 된, 가장 좋은 모델일 것이다. 19세기 일본은 명치유신을 통하여 강력한 국가건설을 도모하였다. 19세기 중엽까지만 하여도 일본 사회는 영주(다이묘)간의 전쟁이 심한 사회였다. 명치는 이것을 통일하기 위하여 제구 헌법을 만드는데, 헌법에서 임금을 거의 살아있는 현인신으로 만든다. 서구문화는 전부 받아들이면서도 정작 서구문명의 뿌리가 되는 기독교는 철저히 배제시킨다. 그래서 사회통합을 위한 이데올로기로서 국가신도를 발전시킨다.

일본은 일반적으로 800만의 신이 있다고 한다. 그러나 800만이란 글자 그대로 800만으로 보기보다는 아주 많다는 것을 상징하는 것으로 해석한다. 이렇게 많은 신으로는 통일이 어려워 국가신도를 발전시켰다. 국가신도의 핵심은 천황을 중심으로 강력한 일본을 만드는 것인데, 이것을 위하여 태양신을 최고의 신으로 만든다. 천황은 바로 태양신의 후손이다. 그래서 천황 가족에게는 성씨가 없다. 천황 가족에게 시집가는 여자는 성씨를 친정부모에게 반납한다.

그러나 이슬람의 택일신론과 일본의 택일신론은 차이가 있다. 전자는 다른 신은 다 우상으로 철저히 파괴한다. 하지만 후자는 잡신들을 그대로 둔다. 백성들이 무슨 신을 섬기든지 자유다. 그러나 천황을 거의 신으로 대해야 한다. 그리고 국가신도는 모든 일본인들에게 강제화되었다. 2차 대전 이전에는 국가신도에 대한 신앙은 자유가 통하지 않았다. 그래서 일본 기독교나 한국교회는 수난을 당하였다. '태양신'과 싸우는 자들은 많은 고난을 당하기도 하고 순교도 하였다. 일본이 종교를 통한 국가통일을 이슬람 국가에서 배웠다고 일본 학자들은 인정한다. 특히 터키의 케말 파샤에게서 배웠다고 한다. 이 점에서 단일신론(택일신론)은 기독교 유일신론보다도 배타적이며 공격적이다. 니시타니는 단일신교를 '사회적 신앙'으로 정의한다. 이러한 각도에서 보면 무함마드는 천사 가브리엘을 통하여 신의 계시를 받았다고 역설하지만 당시의 사회는 유일신을 절실히 요구하였다는 것을 무시할 수 없다. 이 점에서 이슬람을 이데올로기로 본 것은 당연하다. 이슬람은 어느 종교보다 개인의 종교행위보다는 철저히 집단적 종교행위와 실천을 강조한다.

꾸란Qur'an

이슬람의 기본 가르침은 꾸란에 있다. 꾸란은 아랍어 동사 '읽다qaraaa'의 파생어로 '읽는 것', 즉 '독경讀經'을 뜻한다. 꾸란은 신의 말씀으로, 가브리엘 천사가 알라의 명을 받아 문맹文盲인 예언자 무함마드라는 인간 복사기를 통해 한 자, 한 획도 빠짐없이 그대로 인류에게 전달했다고 믿는다. 따라서 이 신성한 절대신의 말씀을 운율에 맞추어 낭송하는 것은 기독교인들이 찬송가를 부르는 것이나 불교의 승려들이 불경을 읽는 것과 비슷한 것이다. 꾸란은 114장 6천 200여 절로 나누어져 있고 가장 긴 장章은 오늘날의 인쇄체로도 30여 쪽이 되지만 짧은 것은 불과 3, 4행으로 구성되어 있다. 아랍어로 장章은 수라Sura, 절節은 아야Aya라고 부른다. 꾸란이 아랍 문학에 미친 영향은 절대적이다. 먼저 아랍어를 신의 언어라고 할 만큼 아랍어를 절대시함으로 아랍어의 파수꾼 역할을 하였다고 하여도 과언이 아니다.

그러나 꾸란의 기술 방식은 통일성이 약하다. 혼선을 일으키는 요소가 있다. 이슬람은 "테러의 종교다", "아니다"하는 식의 논란은 꾸란이 두 가지로 달리 말하고 있기 때문이다. 꾸란은 이슬람을 강요하는 차원이 있는 반면 자유라는 식의 묘한 양면성이 있다. 또한 이슬람의 군사적 특성을 조장하는 구절도 있다. 관련된 꾸란을 인용하면 다음과 같다.

2: 256 종교에는 강제가 없다.

5: 82 신자들의 감정에 가장 가까운 자들은 스스로 기독교인이라고 하는 사람들이다.

2: 216 너를 위하여 싸움이 정해져 있다.

2: 190-192 너를 대적하는 자는 신을 위하여 싸우고 그들을 죽이라. 그렇지 않으면 혼 란과 억압은 살해보다 나쁜 것이다.

9: 5 불경건한 자들은 싸워 죽이라.

49: 15 참 신자는 신을 위하여 목숨을 다하여 노력하는 자이다.

빈 라덴은 이상의 구절을 최대한 이용하면서 투쟁과 살해는 신의 예정이라고 강변한다. 무함마드는 기독교와 유대인들은 동일한 책을 가진 종교의 사람들로 평화롭게 지내라고 가르친다. 반면 불신앙자는 죽이라고 말한다. 기독교인들과 유대인들은 불신앙의 범주에 들어 간다.

이슬람에서 기독교식의 소위 성경 비평주의는 전혀 통하지 않는다. 기독교에서는 신학자들이 성경을 자유롭게 비판하는 성경 비평주의가 많이 발전한다. 이것은 도리어 정통 기독교를 훼손한다. 그러나 이것으로 기독교는 민주적 종교라고 자부한다. 이슬람에서는 이러한 식의 꾸란 비평주의는 절대 불가능하다. 이집트에서 꾸란의 비평적 해석을 시도한 이슬람 학자가 이집트를 떠났다는 사실에서 잘 나타난다. 꾸란은 모든 법 위에 있는 절대법이다. 정치, 경제, 사법적 권위 위에 있다. 이란에는 호메이니와 같은 최고 종교지도자가 있다. 이란 국회와 대통령이 결정한 문제도 최고 종교지도자가 꾸란에 비추어 검토하여 '노No' 하면 거부되고 만다.

하디스: 예언자의 전승

꾸란의 해석이 어려울 때 무슬림이 의존하거나 인용하는 권위있는 자료는 하디스Hadith이다. 하디스는 전통 혹은 전승을 의미하는데, 무함마드의 말과 언행을 기록한 것으로, 꾸란에 버금가는 권위로 간주되며 이슬람 역사 발전 과정에서 중요한 요소가 된다. 내용은 꾸란의 해석에서부터 교리, 이슬람 신학, 심지어 희랍 철학까지 망라하기 때문에 이슬람 고등교육의 귀중한 원천이 된다. 그의 사후 1세기까지의 전승은 이슬람 공동체의 형성과 법의 발전에 중요한 역할을 했으며 공동체 결속의 틀이 되었다. 사후 2세기에 들어서면서 하디스가 더욱 체계화 되었다. 하디스의 형식은 무함마드 개인에 관한 것으로, 그의 추종자들이 전해주는 이야기를 문장으로 다듬어 간추린 것이다.

무함마드 사후 3세기에 수니파 무슬림 학자들은 여섯 가지의 권위 있는 하디스를 편찬했다. 그러나 하디스의 형성과정에서 많은 갈등이 있어, 지금도 하디스를 채택하고 해석하는 방법이 이슬람 안에서도 상이하다. 시아파는 예언자 무함마드의 완전무결성을 주장한 반면 수니파는 좀 다른 사상을 가진다.

이슬람의 다섯 가지 기둥

예언자의 사후 수십 년 동안에 이슬람 공동체에는 신자가 지켜야 할 준수사항이 확정되었다. 이것을 이슬람의 기둥이라고 하는데 이는 고백, 기도, 헌금, 단식 및 순례이다. 하와리즈파는 이 다섯 가지에 성전聖戰을 추가해 여섯 가지를 기둥으로 간주한다. 중요한 신앙고백은 "알라는 위대하시다Allah Akbar. 알라 외에는 신이 없고 무함마드는 알라의 사자이다."라고 고백하는 것이다.

기도는 하루 다섯 번 행하는데 해 뜰 무렵, 정오, 오후 4시경, 해질 무렵, 잠자기 전에 올린다. 고백 혹은 예배는 혼자서 할 수 있으나 이슬람 성전에서 하는 것을 장려한다. 금요일 정오에는 집단 예배를 각 지역 중앙 이슬람 성전에서 본다. 예배 전에 손과 발을 씻으며 메카를 향한다. 큰 모스크 입구에는 손과 발을 씻는 시설이 있다. 간단한 샤워시설도 있다. 이슬람 교리에서 봉사는 헌납이라고도 할 수 있는데, 이것을 자카트라고 한다. 일종의 종교세와 같은 것으로 구약의 십일조와 유사하다. 이슬람 세계는 봉사를 많이 하는 편인데, 자금은 바로 자카트에서 나온다. 물론 꾸란에 헌금 규정이 명시되어 있다.

금식은 이슬람력 아홉 번째 달인 라마단 한 달 동안으로, 매일 해가 떠서 질 때까지 먹는 것, 마시는 것, 피우는 것 및 성적 욕구를 자제한다. 그러나 해가 진 후에는 먹을 수 있다. 그래서 이슬람 국가에서는 라마단 기간 동안 낮에는 굶어야 하지만 밤에는 먹을 자유가 있다. 재미있는 사실은 라마단 기간에 도리어 식품매상이 다른 달 보다 더 많다고 한다. 그러나 병자와 신부는 다른 날에 금식을 할 수 있으며, 미성년자는 금식하지 않아도 된다.

　무슬림들은 가능한 한 일생에 한 번 이상 메카를 순례해야 한다. 순례는 이슬람력으로 12월 7일부터 10일 사이의 기간에 행하며 많이 할수록 더 좋다. 순례자는 우선 신성한 직면체의 바윗돌인 카바를 일곱 번 돌고 난 후 그 옆의 조그마한 검은 돌에 입을 맞추고 손으로 쓰다듬는다. 그 다음 메카에서 메디나를 거쳐 아라파트 평원으로 가며, 끝으로 돌아오는 길에 무즈다리파라는 곳에서 밤을 보내면서 소, 염소 등의 제물을 바침으로써 순례는 끝난다. 순례를 다녀오면 자기 집에다 특별한 불을 켠다든지 화환을 건다든지 해서 이웃에게 자랑한다.

이슬람 법률 : 샤리아Shari'a

　이슬람이 지배적인 사회나 국가에서 평화적 공존을 어렵게 하는 가장 큰 이유는 이슬람의 샤리아 때문일 것이다. 다른 종교는 자기 종교의 법은 어디까지나 그 종교를 신봉하는 자에게 국한하지 다른 사람들이나 사회에 강요하지 못한다. 그러나 이슬람에서는 종교와 정치, 종교와 사회라는 이분법적 논리는 통하지 않는다. 종교가 모든 것을 지배해야 한다. 따라서 샤리아라는 법이 모든 것 위에 우선한다. 이슬람의 샤리아는 개인의 규범이라기보다는 공동체의 규범이요 원칙이다. 이슬람법은 이슬람 공동체에 내린 알라의 계명을 표현한 것이고, 이슬람 신앙을 믿는 이슬람 교도들은 물론 다른 사람들도 따라야 한다는 논리를 전개한다. 이로 인하여 북아프리카에서 샤리아 문제로 심각한 종교전쟁이 벌어진다.

　샤리아의 본래의 뜻은 '물 마시는 곳으로 안내하는 길'을 의미한다. 샤리아의 발전을 역사적으로 보면 9세기 말에 이슬람 법학자들에 의해 체계화되었다. 샤리아와 서구법 사이에는 두 가지 근본적 차이점이 있다.

우선 샤리아의 범위가 더 광범위하다는 것이다. 샤리아는 한 개인과 국가와의 관계뿐만 아니라 절대신과 인간, 양심과의 관계를 포함한다. 둘째는 샤리아는 서구법과는 달리 절대신이 만들었다는 점이다. 무함마드 사후의 사회적 변천에도 불구하고 샤리아는 변화하지 않는다. 이슬람 법학에서는 법을 형성, 변화시키는 것이 아니라 법이 사회를 조정, 규정한다. 샤리아에 의하여 지금도 사우디에서는 참수형이 행해진다. 최근 스리랑카인ㅅ 식모가 아기에게 우유를 먹이다가 아기가 죽는 사건이 발생하였다. 만약 그녀가 유죄가 되면 공개 장소에서 교수형을 당하게 된다. 그래서 스리랑카 정부는 그녀의 사형집행 연기를 요구하고 있다. 이러한 식으로 사우디에서는 2005년에만 191명이 처형되었는데 그 중에 절반은 외국인이다. 2006년에는 38명에 불과하였으나 금년에는 이미 102명이라고 한다.

이슬람의 구원론, 종말관

이슬람이 기독교와 크게 신학적으로 다른 것은 죄관罪觀이다. 기독교는 원죄를 강조한다. 세상의 모든 비극의 원인은 원죄 때문이라고 가르친다. 그러나 이슬람은 원죄 사상이 없고 전형적 동양 문화인 수치문화를 발전시켰다. 무슬림에게 수치는 바로 죽음을 의미한다. 그렇다고 자살은 물론 인정하지 않는다. 이슬람 테러범들의 자살행위에 이슬람은 결코 자살이라는 말을 사용하지 않는다. 어디까지나 명예로운 순교이다. 순교한 자는 구원이 절대 보장되어 천국의 제일 좋은 곳에 들어가는데, 그곳은 72명의 미인들로부터 술과 고기의 대접을 받는 곳이다. 이 점에서 이슬람의 천국은 남자들이 즐기는 곳이다. 천국에 가면 금반지에 비단옷을 입는다. 최근 여자가 자폭테러로 죽었다. 이것을 두고 이슬람 학자들 사이에는 논쟁이 일어났다고 한다. 여자가 천국에 간다는 정확한 가르침이 없는데 어떻게 여자가 자살테러, 즉 순교를 하느냐고. 그러나 사우디아라비아 공주가 쓴 여성해방을 요구하는 저서에 보면, 공주의 어머니가 죽을 때 편안한 모습으로 눈을 감았다고 한다. 자신은 천국 가기 때문에 마음의 평안을 가진다고 가족들에게 고백하면서.

반면 지옥에는 19명의 당번이 지켜서 도망가는 것은 절대 불가능하고 영원히 뜨거운 불에서 고생한다고 가르친다.

따라서 이슬람은 대속의 사상도 없어서 자력으로의 구원을 가르친다. 최후 심판 때 천사가 모든 사람들을 저울로 달아서 선행의 추가 무거우면 천국으로, 악행의 추가 무거우면 지옥으로 간다. 흥미로운 사실은 이집트의 신화에도 이와 유사한 심판 사상이 있는데, 이집트 신화에는 선의 추가 무겁도록 몰래 숨어서 도와주는 천사가 있다고 한다. 그런데 이슬람에게는 이러한 천사는 없는 것 같다. 더 엄격한 셈이다. 종말의 최후 심판 때는 신이 선과 악으로 분리하며 구세주가 등장하지만 동시에 가짜 구세주도 등장함으로 사탄의 세력과 싸워야 한다는 것이다. 이것은 이미 서론에서 언급한 바와 같이 서구국가와 갈등을 심화시키는 요인이 된다.

참고로 중동 사태는 바로 이슬람과 이스라엘의 대립이다. 그런데 이 두 종교의 극단적 종말론은 세계를 전쟁으로 몰아넣고도 남는다. 이유는 극단적 유대인들은 제3성전 건축을 성경적이라고 믿는다. 메시야는 제3성전에 재림한다는 것이다. 따라서 제3성전 재건을 필수적이라고 확신한다. 그곳에는 지금 모스크가 세워져 있다. 성전 건축은 이스라엘인들이 대거 돌아온 후에 일어난다고 하는데 지금까지 140여 국가에서 돌아왔다는 것이다. 제3성전을 본래의 장소에 짓는 것을 고집한다면 결국 기존의 모스크를 파괴해야 한다. 생각만 해도 아찔하다.

이슬람의 극단적 종말론 역시 위험하다. 극단적 종말론에 의하면 종말에는 유대인들이 다 이스라엘로 돌아오게 되고, 그러면 이슬람과 전쟁을 하는데, 결국 알라가 유대인은 다 죽인다는 것이다. 그리고 이슬람의 메시야가 재림, 이슬람이 세계를 통치하게 된다. 그때에 기독교인들은 자동적으로 이슬람 신자, 특히 시아파 신자가 된다는 것이다. 이것은 이란의 꼼에 있는 신학교의 한 성직자가 필자에게 말한 내용이다.

이슬람의 발전과 분열

무함마드는 메카를 성지로 하고 아랍의 부족들을 칼과 교리로 정복한 후 62세에 죽었다. 그러나 불행하게도 후계자를 지명하지 않고 죽었기 때문에 후계자 문제로 이슬람은 즉시 심각한 내분에 휩싸이게 되었다. 이슬람은 정치와 종교를 다 관장하는 신정국가의 정치 형태이기 때문에 종교 지도자는 곧 권력을 장악하는 것을 의미하였다. 따라서 후계자 선정에서 내분과 갈등이 불가피하였는지도 모른다. 무함마드의 가족들은 동양적 가족주의에 근거하여 사위 알리가 후계자자 되어야 한다고 주장하였고, 반면 무함마드의 부족은 출신 부족이라는 입장을 내세우며 후계자는 쿠라이시 부족 출신이어야 한다고 고집하였고, 또 메카가 성지라는 우월권을 내세웠다.

이슬람의 첫 분열은 사위 알리가 칼리프로 있을 때 그의 두 동료들이 중심이 되어 반란을 일으켜 많은 신도들이 죽은 일로 시작되었다. 첫 주도권을 둘러싼 전쟁은 신도들에게 큰 실망과 타격을 주었다. 꾸란은 이유없이 형제를 죽이는 자는 저주를 받는다고 가르치지만 그 교훈은 처음부터 실효성이 없었다. 알리는 공격을 받는 자가 되었지만 그의 지도력에 불만을 느낀 자들은 알리의 진영에서 이탈하여 첫 분열 집단이 되었는데, 이들을 카리지파라고 부른다. 그러나 이들은 베두인 사람들처럼 사막으로 은

둔하여 존재가 사라졌다. 따라서 현재 이슬람을 지배하는 주요한 그룹은 수니파와 시아파이다. 이 두 파 외에 극단적인 하와리즈파가 있으나 이들은 소수였다.

양 분파는 서로 무함마드의 정통적 후계자를 자처하는데 수니파는 전 무슬림의 약 90%를 차지하며, 나머지는 시아파이다. 수니파는 주장하기를 어떤 후계자도 능력과 본질에서 무함마드를 계승할 수 없고, 다만 꾸란이 이미 모든 것을 완성하였기 때문에 후계자는 예언자의 유산을 보호하고, 이슬람 공동체의 행정가로서의 책임을 다하는 것이라고 한다. 즉 후계자의 혈통상 후손의 권위보다 신적 인정과 능력을 더 강조한다. 수니파는 통치자는 절대적 전제군주가 될 수 없다는 것을 강조한다. 따라서 후계자의 직무는 근본적으로는 종교적이지만 로마교황의 직능과는 달라서 교리의 정의와 입법권도 그에게는 없다. 그는 단지 이슬람법의 집행과 이슬람 공동체의 일반적 이익에 봉사할 따름이다. 이론상으로는 그 자신도 이슬람법 위에 군림하는 것이 아니어서 필요할 경우에는 폐위될 수도 있다.

그러나 시아파는 통치권이 예언자의 사위 알리의 후손에게만 속해야 한다는 것이다. 시아파는 후계자의 카리스마적 신비를 좀 강조하는 전통이 있는 것 같다. 이러한 배경에서 시아파의 이란에서 호메이니가 신적 존재로 등장하였다. 하와리즈파는 극단적인 것으로 통치권은 에티오피아 노예에게도 줄 수 있다고 강조함으로 민주적 선출을 주장한다. 시아파 역시 자체 내에 여러 분파와 다양성이 있다. 이란의 시아파와 이라크의 시아파는 약간의 차이가 있다. 이라크의 시아파는 이라크에서 일찍이 죽은 알리의 차남 후세인을 가장 위대한 성자로 숭배하며 그의 사망일에 카르발라를 성지로 생각하고 모여든다.

어느 종교든지 신비주의가 있는 법인데 이슬람도 수피즘이라는 신비주의가 있다. 이 파는 신도들이 알라를 체험, 신의 사랑을 직접 찾으려고 한다. 수피라는 용어는 아랍어로 양털이라는 뜻의 'suf'에서 유래된 말로 초기 이슬람 수도자들이 양털로 된 옷을 입고 다닌 데서 나왔다. 이 수도자들은 아랍어로 파키르faqir, 페르시아어로 데르비시dervish로 알려졌는데 그 뜻은 가난한 사람이다. 이슬람 신비주의는 발전과정에 따라 몇 가지 단계로 나뉘는데 첫째 초기 금욕주의 단계, 둘째 신과의 사랑을 찬미하는 고전적 단계, 셋째 수피들의 형제적 우호관계를 다짐하는 종단의 단계로 나뉜다. 그러나 이러한 구분과 관계없이 이슬람 신비주의의 역사는 신비주의자 개인의 신비적 체험에 크게 의존한다. 그러나 수피즘은 이슬람 세계에서 환영을 받지 못하였다. 특히 16세기에 이란에서 수피즘은 이란 권력자에 정치적 위협이 된다고 박해를 받았다. 그럼에도 불구하고 이란에서 수피즘은 엘리트 계층에서 아주 발전한 형태로 계속되고 있다.

특히 수피즘은 시아파와 수니파와 달리 지방문화와 융화를 잘함으로 지방화가 더 심하고 특별히 성자를 섬긴다. 이슬람은 알라와 인간 사이의 중간자를 중시하는 데도 수피파는 '경건한 자'를 숭배하는 전통이 있다. 북아프리카는 수피파가 강한 지역으로 특히 모로코가 강하다. 북아프리카의 수피파들은 메카를 순례하기 전에 먼저 모로코의 성자들의 사원을 방문하는 전통이 있다. 그러나 수피파의 성자는 기독교 성자가 교회의 권위에 의하여 공식화되는 것과는 달리 어떤 권위나 교리적 인정이 없이 대중들에게서 자연스럽게 성자로 취급된다.

현대 이슬람에는 이슬람이 불경건자로 취급하는 알라위Alawis파가 있는데, 시리아 인구의 약 12%를 차지한다. 알라위파는 13세기 경에 시아파에서 나온 종파로 학자들도 별 관심을 가지지 않는다. 그러나 시리아에서는 아랍인이면서도 소외된 그룹으로, 한때는 알라위 독립국을 프랑스 정부에 신청하였지만 도리어 사회 정치적으로 지도층에 앉는 자들도 생겨 억압받는 소수자로 자처하면서도 지위를 누린다. 지금 시리아 대통령은 알라위 신자이다. 그래서 정통 이슬람에 대하여는 호의적이지 않고 기독교에 우호적이라고 한다. 2005년 수백 명이 모인 공식 석상에서 시리아 대통령이 장로교 총회장에게 즉석에서 갑자기 기도를 하도록 부탁하였다고 한다. 이 이야기는 그 총회장이 필자에게 직접 한 말이다.

이슬람 전파: "꾸란이냐 칼이냐는 기독교가 만든 말"

무함마드가 당시 아라비아 사막을 평정한 초기 역사나 이슬람의 초기 확장의 역사는 분명 이슬람이 '칼의 종교' 임을 스스로 입증한다. 무함마드는 먼저 선지자이면서 동시에 군사 지도자로서, 추종자들을 전쟁으로 몰아넣었다. 이것은 칼 사용을 거부한 예수님과는 완전히 정반대가 된다.

이슬람의 확산은 대체로 두 시기에 이루어졌는데, 첫 번째는 7, 8세기에 아랍인의 정복, 즉 무력에 의한 것인데 그 예가 이란이다. 두 번째는 12, 13세기의 이슬람 신비주의자, 즉 수피들의 선교활동에 의한 것으로, 그 예가 인도네시아이다. 이란은 아랍 이슬람교도들에 정복된 지 300년 후에 비록 그 문화와 언어는 회복했지만 이슬람의 영향이 너무 심대하여 이슬람 이전과 이후의 이란은 동질적 요소와 이질적 요소가 반반이 될 정도였다. 그러나 이란은 17세기에 이르러 절대 다수가 수니파에서 시아파로 개종하여 종교적으로는 독자성을 가지게 되었다.

인도네시아를 비롯한 동남아시아 지역은 수피들에 의해 평화적으로 개종되었다. 그래서 그 개종은 진척도 매우 느렸으며 또 17, 18세기에 서구열강의 식민지가 되면서 그 전통적 관행이 상당히 남게 되었다. 특히 선교 일선에 나선 수피들은 현지인과 접촉하는 동안에 각 지역의 관행과도

적당히 타협하지 않을 수 없었다. 이 현상은 이슬람의 변두리 지역인 인도, 파키스탄, 중앙아시아 및 아프리카의 중부 지역도 대체로 동일하다. 이슬람 상인들 역시 이슬람 세계의 확대에 크게 기여했다. 19, 20세기에 서구열강들의 식민정책으로 인해 이슬람의 정치적인 힘이 상실되었지만, 이슬람 공동체라는 의식은 점점 더 강해져서 20세기 중엽에 이르러서는 다양한 무슬림들이 그들의 정치적인 독립과 주권 회복을 위한 투쟁을 벌이는 데 큰 힘이 되었다.

이슬람 선교는 먼저 칼로 시작한 것이지 개개인을 회심시키어 개인들이 자발적으로 이슬람에 가입하도록 한 것이 아니다. 당시 사회는 부족사회였으므로 부족을 정복하면 자연스럽게 혹은 강제로 이슬람화되었다. 이미 언급한대로 무함마드가 메카를 점령한 것이나 그의 장인 아부 바크르Abu Bakr가 아라비아를 평정한 것도 동일한 것이다. 처음부터 이슬람은 신앙공동체와 정치공동체가 하나가 되었기 때문에 양자의 분리가 불가능하여 신앙이 집단적으로 선택되도록 운명지어졌다.

한 이슬람 전문가는 당시 무슬림 군대의 놀라운 성공은 무슬림들의 광적인 정열과 강력한 단결에 기인하지만 그들의 교리에 대한 무지도 한 몫하였다고 지적한다. 사막인들의 용감성과 잔인성이 종교적으로도 발산되었음을 부정할 수 없을 것이다. 초기부터 이슬람이 칼의 종교라는 것은 이슬람 국가의 박물관을 가보면 알 수 있다. 말레이시아 수도 쿠알라룸푸르 박물관에는 무시무시한 칼들이 종류를 헤아릴 수 없이 많다. 중국의 박물관은 도자기로 충만하고 말레이시아 박물관은 칼로써 방을 채운다. 한국의 무슬림인 김정위 교수도 이슬람학 전문가로서, 초기 이슬람은 정복과 선교와 상업을 통하여 확대되었다고 말한다. 특히 13세기 인도를 휩쓴 이슬람 세력이 칼을 통하여 힌두교의 인도에 무굴제국을 세운 것은 너무나 유명한 역사이다.

아랍부족을 선두에 세운 이슬람이 지중해를 무력으로 정복한 역사에 대하여는 30년 이상을 중동지역의 특파원으로 근무한 아사히신문의 기자 무다구지 요시로우가 『꾸란의 칼(아랍부족이 주축이 된 이슬람 군대를 지칭)』이 시리아에서 막강한 비잔틴 군대를 패배시키고 이어서 스페인과 북아프리카를 점령한 과정을 잘 설명한다. 그는 이슬람이 당시 지중해를 정복한 주요한 요인으로 하늘의 도움과 지리적 상황, 인재를 잘 등용한 점을 지적한다. 하늘의 도움이란 당시 기독교는 로마의 기독교와 비잔틴의 기독교가 서로 경쟁하였고, 비잔틴과 페르시아가 지중해에서 주도권 전쟁으로 지쳐서 힘의 공백이 생겼음을 말한다. 지리적 요인은 당시 기독교인들 중에도 아랍인들이 있었는데, 이들은 로마와 비잔틴 기독교로부터 푸대접을 받았기 때문에 도리어 같은 아랍부족의 침략을 환영하였다는 것이다. 즉 중동의 아랍 크리스천들은 아랍 무슬림의 침공을 도리어 해방자로 맞이하였다는 것이다. 또한 사막의 아랍인들이 북쪽의 오아시스를 절대로 필요로 하는 절박한 상황이 승리의 큰 원인이 되었다는 것이다. 그리고 정복지역에서 좋은 인재를 과감하게 등용하였다는 것이다. 그러나 더 중요한 사실은 당시 로마나 비잔틴의 기독교가 영적으로 쇠퇴하여 중동의 기독교회는 이슬람에 저항할 힘이 없었다고 보아야 할 것이다. 이미 서구 기독교는 흑암의 시대로 접어들 때였다.

초기 이슬람이 칼을 사용하여 확장되었다고 하여 이슬람에는 자발적인 개종이 전혀 없었다는 것은 아니다. 이슬람도 개인 전도를 통한 개종을 중요한 전도 전략으로 삼는다. 2001년 아프간 전쟁에 참여한 탈레반 중에는 놀랍게도 미국인이 끼어 미국사회를 놀라게 하였는데, 그는 중동에 있는 동안 이슬람을 접하고 자발적으로 개종하였다. 과거나 현재도 이슬람은 왕성하게 선교하는 선교적 종교이다.

현대 이슬람을 전파하는 데 크게 기여하는 중요한 요인이 이슬람의 학교 교육이다. 대부분의 이슬람 국가에서는 이슬람을 가르치는 것이 의무이다. 중동이나 아시아에서 이슬람 학교 마드라사는 이슬람을 절대시하게 하고 이슬람으로 무장시키고 훈련시키는 선교적 사명을 하고 있다. 이집트의 제일 큰 대학교인 알 아즈하르Al-Azhar는 이슬람대학으로 중동지역과 전 세계의 청년 무슬림들이 유학하기를 동경하는 학교이다. 이슬람 학교는 꾸란만을 배우는 경직된 학교가 있는 반면에 현대 학문과 과학 및 다양한 학문을 가르치는데, 상당수 이슬람 국가의 정치가들이 이슬람 학교에서 교육을 받았다.

그러나 더 중요한 것은 이슬람 학교의 선생들은 사회적 정치적 영향력이 엄청나다는 사실이다. 이슬람 국가에서 정치적 데모는 이상하게도 주로 모스크 대학들이 주도하는데, 배후에는 이슬람 학자들이 있었다. 이슬람 국가의 정치가들이 법을 만들고 시행하려고 할 때, 이슬람 학자들이 반대하면 엄청난 도전에 직면한다. 이들은 국민들의 여론을 이슬람 법이나 전통의 이름으로 정부에 압력을 가한다. 반면 정부의 시책에 동의할 때는 국민들에게 정치가들을 따르도록 독려한다. 이슬람 학자들의 이런 강한 정치적 성향으로 인하여 알버트 후라니는 모스크 대학들의 이슬람 학자들을 귀족적 정치가patrician politics라고 단정한다.

그러나 이슬람을 확장하게 하는 가장 중요한 전도 운동은 다와dawah이다. 다와란 호소하다, 부르다, 의견의 찬동을 구한다는 의미가 있다. 이슬람 국가들은 조직적으로 이슬람을 전파하기 위한 자발적 다와 운동의 발전, 이슬람 포교에 기여한다. 꾸란 14장 36절은 다와에 대한 기본적인 가르침을 잘 나타내는데, 다와란 반드시 전도에만 국한되는 것이 아니라 다양한 봉사활동과 교육사업도 포함한다. 또한 이슬람의 세속화를 막기 위한 운동으로 사우디에서는 다와 운동을 전개하여 1961년도에는 메디나에 대학을 설립하기도 하였다. 1962년에는 국제이슬람연맹을 결성, 다와 운동을 세계적 차원으로 확대시켰다. 한국이나 일본에 세워진 모스크나 이슬람협회도 이슬람연맹의 다와 운동의 결과이다. 사우디는 꾸란 보급을 위하여 번역 및 출판, 보급하는 데 막대한 예산을 투입한다.

이슬람의 다양성

이슬람은 종교와 문화와 정치 등 모든 분야에서 다원화를 거부하는 종교이다. 종교적 전체주의 혹은 획일주의를 지향한다. 그럼에도 불구하고 중동의 이슬람은 결코 획일적이 아니라 너무나 다양하여 지역에 따라 혼합주의 이슬람도 존재한다. 그래서 이집트의 무슬림 학자 압둘 하미드 엘자인Abdul Hamid M. el-Zein은 'Islam'을 'islams'로 표현해야 한다고 말한다. 엘리트와 무식자의 islams, 신학자와 예술가의 islams, 부족인들과 농부의 islams는 다 같이 근본적 원리의 표현으로 보아야 한다는 것이다.

지적이면서도 교리적 정통성을 유지하려는 이슬람은 세계적이면서도 보편적이지만 북아프리카와 동남아의 많은 이슬람 국가에서는 지방문화와 혼합하여 지역의 특수성을 띤다. 이미 언급한 수피의 성자 숭배는 대표적인 케이스이다. 오사마 빈 라덴은 움마 공동체의 명분으로 비이슬람 세계, 특히 기독교적 서방을 사탄으로 보고 성전을 벌이지만 아프리카의 흑인 무슬림들은 빈 라덴의 사상에 동의하지 않을 뿐 아니라 그들의 투쟁방식도 싫어한다.

많은 무슬림들은 이슬람을 먼저 내세우고 다음 자기 국가를 말하지만 종교적 실천은 온건한 중도노선을 좋아한다. 여자들은 피부 전체를 가리는 차도르의 필요성을 느끼지 않는다. 매질이나 도적질 한 것에 대한 형벌도 드물다. 사하라 남쪽 지방에서는 술도 자유로워 술을 몰래 마시는 자는 거의 없다. 혼합주의가 일반적이고 엄격한 교리도 별로 없다. 많은 아프리카 무슬림들은 전통적 이방인 의식을 계속하여 수단의 종교경찰들을 흥분하게 한다. 그럼에도 관용이 지배적이다. 최근 사우디 정부의 지원으로 운영되는 이슬람 학교들이 급진적 이슬람 신앙을 전파하려고 시도하였다. 미국의 이라크 침공과 이스라엘 지원은 아프리카 무슬림들을 좀 자극시켰지만 이슬람 성전에는 참여하지 않는 편이다. 수단과 북부 나이지리아에서 이슬람 국가를 세우려는 시도는 대중의 지지가 적어서 성공 가능성은 거의 없다. 이슬람도 지방과 국가에 따라서 다양하여 획일적으로 논하는 것은 신중해야 할 것이다.

유대교도 정통파와 보수파와 개혁파로 분리되듯 이슬람도 일찍이 개혁운동이 이집트, 터키, 중앙아시아 등에서 일어났다. 그러나 이것을 거부하는 정통파와의 갈등으로 이슬람도 통일성을 유지하는 데 어려움을 겪는다. 특히 미국의 이라크 침공은 중동의 이슬람의 변화를 강요하여 여기에 따라 변화하려는 이슬람과 전통을 고수하려는 이슬람 사이에 노골적으로 불협화음이 나고 있다. 이란에서의 전통과 개혁의 갈등은 대표적인 예일 것이다. 그럼에도 양자는 다 본래로 돌아간다는 것을 역설한다. 이슬람 개혁운동은 서구문명과 기독교의 영향을 무시하지 못하지만 이것을 표면적으로 말하지는 않는다. 그렇다고 반드시 개혁 지향적 이슬람 운동이 반드시 건전하고 합리적이라는 것은 아니다. 이집트 이슬람 개혁자 사이드 쿠틉Sayyid Qutb은 꾸란의 해석을 과감하게 시도하는 책을 저술하였고 정치 경제에서 이슬람을 혁신적으로 적용하는 것을 제안하지만, 그의 사상은 현대 이슬람의 극단적인 원리주의에 불과하다.

| 미 주 |

1. "Riding a Mule in Battle," *Arab News,* Friday January 19, 2007: 15.

2. Ali Nawaz Memon, *The Islamic Nation* (Lahore: Vanguard Books Pvt., 1996), 8.

3. *James Hasting' s Encyclopedia of Religion and Ethic,* vol. 1: 326. "Allah"편을 참조할 것.

4. Bernard Lewis, *The Multiple Identities of the Middle East* (London: Phoenix, 1998): 23-24.

제 4 장 _ 이슬람을 이데올로기화하는 원리주의

이슬람 변종

오늘날 전개되는 미국의 대對 테러전쟁은 결국 이슬람 원리주의자들과의 전쟁이요, 이슬람 원리주의는 일종의 무서운 종교적 집단주의 혹은 전체주의이다. 프랜시스 후쿠야마가 이슬람 원리주의를 이슬람 파쇼주의 Islamic Fascism로 정의한 것은 이슬람 원리주의는 더이상 종교가 아니라는 것을 의미한다.1 이슬람 원리주의는 이슬람 '변종' 이다. 그러나 이 변종을 낳은 어머니는 불행하게도 이슬람이라는 종교이다. 이슬람은 분명 힌두교, 불교, 유교, 유대교, 기독교와 더불어 세계 5대 종교 중의 하나이다. 하지만 이슬람 원리주의는 대부분의 학자들이 자본주의, 공산주의, 이슬람 원리주의로 등식화한다. 즉 이데올로기로 보는 데 이의가 없다는 것이다.

특히 원리주의를 만든 자들도 이 사실을 인정하거니와 중동 출신의 국제정치학자들이 이 점을 더 강조한다. 이슬람은 이데올로기의 요소가 있다. 그런데 원리주의는 완전히 이슬람을 자본주의, 공산주의, 민족주의, 사회주의 같은 이데올로기의 범주에 넣어 참 이슬람을 억누르고 말았다고 한다. 무슬림 형제단the Muslim Brotherhood을 창설한 알 반나Hasan al-Banna와 파키스탄에서 인도–파키스탄 자마트 이 이슬람 정당the Indo-

Pakistani Jamaat-i Islami을 창설한 마우두디Abul-Ala Maududi는 이슬람을 원천적으로 정치제도로 이해하려고 하였다. 이 두 사람은 새로운 이슬람을 만드는 것을 생각하지 않고 오히려 첫 무슬림 공동체로의 복귀를 강조하였다. 이들의 주장은 처음부터 이슬람은 정치제도라는 것이다.[2]

시리아 출생의 국제정치학자 바삼 티비는 "이슬람은 정치와 종교 간에 긴장이 없는 정치적 종교이다. 그것은 과거 이슬람 역사에서 이맘이 곧 정치 지도자라는 사실이 증명한다. 그런데 이슬람 원리주의는 이러한 이슬람을 이데올로기화시켰다."고 말한다.[3] 이것은 중동 출신의 학자들만이 아니라 대부분의 이슬람 연구자들은 이 견해에 동의한다. 이 주제는 7장 이슬람 원리주의 비판에서 더 구체적으로 다룰 것이다.

일반 종교로서 이슬람을 국가 이데올로기로 채택한 첫 나라는 파키스탄이다. 파키스탄이 탈레반 집단을 지원하는 것은 우연한 것이 아니다. 국호가 바로 파키스탄 이슬람 공화국이다. 파키스탄은 힌두교의 인도에서 독립할 때 이슬람을 국가건국의 이데올로기로 정하였다. 파키스탄의 이슬람 학자 하크는 이 사실을 잘 설명하고 있다. 그는 "이슬람은 조직적인 교리체계나 인간 생활에 대한 이념의 공동체적 체계만 아니라 사회생활과 정치생활을 위한 법칙들을 제정하는 것이다."라고 하면서 종교로서 이슬람과 정치 이데올로기로서 이슬람을 동일시한다.[4] 이슬람은 사회통합의 가장 중요한 수단이다. 따라서 이슬람 사회에서 이슬람을 떠나는 것은 바로 자기 가족, 공동체, 국가에 대한 배신행위이다. 배신자는 죽여도 무방하다. 여기서 소위 명예살인이 합법화 된다. 누구든지 배신자는 죽여도 되는 이슬람의 전통이요 풍속이다. 그것이 모든 이슬람 국가에서 그런지는 모르겠지만. 여기서 서구와 이슬람 세계 사이의 가치관 충돌이 불가피하게 된다. 즉 서구는 종교를 개인의 자유로 돌리는데, 이슬람은 절대로 그것을 용납하지 않는다. 원리주의는 이것이 더욱 강하다.

그러면 이데올로기란 무엇인가? 이데올로기를 간단하게 정의하면 한 국가나 공동체의 구성원들이 국가나 공동체의 존재 의의, 목적, 방향, 이념 등에 대하여 다함께 공유하는 이념체계인데, 이것은 정치이념, 가치관, 심지어 세계관까지 다 포함할 수 있다. 우리들은 이데올로기 하면 공산주의, 사회주의, 민족주의에 국한시키는 경향이 있었다. 그러나 자본주의도 하나의 이데올로기이며 57개의 이슬람 국가 가운데는 상당수가 이슬람을 노골적으로 국가 이데올로기로 설정하였다. 이란 역시 이슬람 공화국이다. 이슬람은 바로 이 두 나라의 정치 이데올로기이다. 그러나 이데올로기 하면 경직된 정치체제나 사상으로 배타적 성격을 띠며, 독재와 전체주의를 연상시킨다. 2차 대전 이후, 영국의 작가 조지 오웰은 유명한 작품 『1984』에서 공산주의 이데올로기의 무서운 상황을 예언적으로 묘사한다. 물론 이슬람도 이데올로기라 할 때 긍정과 부정의 양면성을 가지지만 부정적인 측면이 더 부각될 수 있음을 솔직하게 시인해야 할 것이다.

이데올로기로서의 이슬람

이슬람은 순수한 종교이면서도 동시에 이데올로기라는 양면성을 띠고 있다. 그래서 혹자는 두 얼굴로서의 이슬람을 묘사한다. 이슬람의 이데올로기적 성격은 다음의 사실에서 나타난다.

첫째, 이슬람은 종교와 정치가 하나이다. 아니 종교로서의 이슬람은 언제나 국가라는 권력을 필수불가결한 친구로 삼는다. 그래서 과격한 무슬림들은 자기 국가가 이슬람법 샤리아Shari' a에 기초한 이슬람 국가가 되지 않을 때 가장 고통을 느끼고, 이것을 관철하기 위하여 투쟁하는 것을 사명으로 생각한다. 이슬람 신정국가theocracy 건설을 위하여 투쟁하는 것을 성전聖戰으로 인식하고, 성전에서 순교하는 것을 최상의 영광으로 여긴다. 인도네시아 수마트라 섬 북쪽에 위치한 아체Aceh에서 전개되는 독립투쟁은 아체의 자원이 전부 자바섬으로 넘어가는 데 대한 소수 인종주의가 원인이기도 되지만, 가장 중요한 요인은 바로 아체 사람들은 강력한 무슬림들로서, 처음부터 인도네시아가 '부드러운 이슬람 국가'가 된 것에 불만을 품고 강력하게 투쟁해 왔다. 신정국가의 근본사상은 종교가 정치 위에 있어야 한다는 것이다. 결국 신정국가의 고집은 바로 이슬람을 국가통치 이데올로기로 해야 한다는 것을 의미한다.

그러나 알라의 주권이 정치권력보다 우선한다는 신앙 논리는 신앙의 차원을 넘어선 이데올로기이다. 기독교의 칼빈주의Calvinism도 우주와 세상과 교회에 대한 하나님의 절대 주권을 강조한다. 그러나 종교와 정치는 엄연히 분리되고 하나님의 주권을 받아들이고 안 받아들이는 것은 이 지상의 국가권력으로 강제화 할 수 없는, 개인적인 선택으로 돌린다. 하나님의 주권을 거부하여 발생하는 모든 책임은 심판 때에 개인이 질 문제이다. 그러나 알라의 주권을 강제로 적용하는 것은 불가피하게 종교적 전체주의를 하겠다는 것을 의미한다. 그래서 헌팅턴 같은 서구의 정치학자들은 이슬람을 이데올로기로 단정하고 공산주의가 몰락한 이후 서구는 이슬람과 대결하는 정치질서를 미리 예언하였다.

둘째, 대부분 이슬람 국가들은 국가가 이슬람이라고 하는 하나의 종교만을 믿어야 한다는 종교적 획일주의를 지향함으로써, 종교의 다원성을 철저히 거부한다. 현대 세계는 갈수록 다원화로 나가는데, 이슬람 세계는 갈수록 종교와 문화의 다원화를 거부한다. 서구 기독교 문명은 종교와 문화의 다원화를 권장하고 이것을 실천하고 있다. 그래서 서구에서 모든 종교는 자유다. 다원화로 인하여 한 나라 안에 많은 인종과 종교와 문화가 평화롭게 공존한다. 다원화는 민주주의의 지름길로서, 인류의 보편적 가치인 인권, 평등, 정의를 진작시킨다. 그런데 불행하게도 이슬람 세계는 이러한 다원성을 거부하고 철저히 획일주의적 사회를 지향, 비이슬람적인 종교와 문화를 배격하고 심지어 핍박한다. 무슬림들의 "이슬람은 완전한 종교이고 꾸란은 완전한 본문"이라고 하는5 절대주의는 불행하게도 사회적 배타성으로 나타난다. 우리는 어느 종교든지 자기 종교만이 절대라는 신앙의 확신을 가지고 있다고 생각한다. 그것은 종교인의 특권이다. 그러나 그것이 타종교를 핍박하거나 박해할 이유는 되지 않는다. 그런데 배타성으로 인하여 중동의 일부 국가에서는 기독교인들을 박해한다. 심지어 학교에서 크리스천 학생들에게 몸이 닿는 것도 재수 없다고 손을 씻는다고 한다. 크리스천 학생들과 무슬림 학생들은 벌써 이름부터 차이가 난다. 무슬림은 무하마드, 무함마드, 알리 등 이슬람 냄새가 난다. 그러나 크리스천들은 무슬림 이름을 사용하지 못한다. 그래서 금방 기독교인이라는 것을 알게 되는 것이다.

셋째, 1970년대 후반에 불기 시작한 이슬람의 부흥운동에서 아랍세계를 포함한 많은 이슬람 국가들은 이슬람을 실패한 자본주의와 공산주의에 대한 대안으로 받아들이고 있다. 아랍세계나 이슬람 국가들이 반미, 반서구 감정을 가지는 것은 자본주의를 세속주의, 불의한 사회구조와 부정부패의 원인으로 단정, 이슬람을 통한 새 질서를 도모하고 희망한다. 이것은 분명 이슬람이라는 종교가 하나의 정치 이데올로기로 부상하는 것을 의미한다. 칼리드D. Khalid와 칸딜F. Kandil과 같은 수많은 정치학자들은 이슬람을 하나의 이데올로기로 정의하는 데 주저하지 않는다. 칼리드는 이슬람을 공산주의와 자본주의의 중간에 있는 '제3의 길the third way'로 말한다. 칸딜은 이슬람을 중동 지방 특유의 이데올로기

nativistische Ideologie로, 파리드자데A. Faridzadeh는 이슬람의 부활을 이슬람이 정치적 천년왕국 사상과 토착문화 보호주의로 변형된 것으로 해석한다. 토착문화 보호주의란 자기들의 종교로 복귀하여 지상에 신정국가를 건설하도록 종교를 보호하자는 사상이다.[6]

물론 다른 종교는 이데올로기의 성격이 전혀 없다는 것을 의미하는 것은 아니다. 스리랑카와 태국의 불교, 이스라엘의 유대교, 인도의 힌두교는 이데올로기화하고 있다. 과거 남아연방에서는 기독교가 이데올로기가 되어 흑인을 억압하였지만 지금은 기독교만이 정규방송을 독점하지 않고 종교다원주의 사회로 변하였고, 흑인이 통치하는 국가가 되었다. 그러나 유독 이슬람은 이데올로기 경향이 더 강해지고 있다. 현대 세계는 갈수록 다원화로 나가는데, 이슬람 세계는 갈수록 종교와 문화의 다원화를 거부한다. 그것은 이슬람은 어느 종교보다도 이슬람 국가라는 틀 안에서 이슬람이 보존되고 부흥하였다는 것을 말한다. 이 점에서 배타주의라는 기독교 문명의 서구가 다원화 사회로 나가는 데 큰 역할을 한다. 다원화란 다시 말하면 한 나라 안에 많은 인종과 종교와 문화가 평화롭게 공존하는 것을 의미한다. 다원화는 민주주의의 지름길로서, 인류의 보편적 가치인 인권, 평등, 정의를 진작시킨다. 그런데 불행하게도 이슬람 세계는 이러한 다원성을 거부하고 철저히 획일주의적 사회를 의도한다.

마지막으로 이슬람 세계가 미국이나 서구에 대하여 가지는 적대 감정은 종교의 영역을 벗어난 것으로, 이것은 정치적 행동이다. 나아가서는 하나의 정치 이데올로기적 반응이다. 반서구나 반미 감정은 이슬람 세계에만 국한되는 것이 아닌, 모든 제3세계가 안고 있는 동일한 고민이다. 한국도 부시가 북한을 악의 축 국가로 단정하자 반미감정이 갈수록 고조되고 있다. 그러나 한국의 기독교 신자들이나 불교도들이 이 문제를 앞장서서 행동하지는 않는다. 이것은 모든 국민들이 함께 풀어야 할 과제이고 정치문제이지 종교문제가 아니기 때문이다. 그런데 유독 이슬람 국가들이 이슬람이라는 이름으로 반미 감정과 반서구 감정을 표출하는 것은 이슬람은 정치와 종교의 구분이 애매모호하기 때문이다.

따라서 이슬람 세계의 모든 문제를 자신 탓이 아닌, 남의 탓으로 돌리는 것은 논리적인 모순이 있다. 대부분의 제3세계는 자체의 사회적 모순이 서구보다 더 심각하다는 것을 깨달아야 한다. 비서구 세계의 부정부패, 독재, 경제정의의 실패 등은 서구 식민지에 원인이 있는 것이 아니라 자체의 사회적 모순 때문이다.

이 점에서 살만 루시디는 테러 이후 이슬람 세계를 향하여 경고성 발언을 하였다. 즉 그는 서구 지도자들이 앞 다투어 이슬람과 테러는 무관하다고 주장하는 데 대하여 아쉬움을 표시한다. 그는 질문하기를, "그렇다면 왜 전 세계의 무슬림들이 빈 라덴과 알 카에다를 지지하는가? 왜 무려 1만 명의 무슬림 전사들이 성전을 촉구하는 물라의 호소에 응답하여 아프간 전쟁에 참여하는가?"라고 한다. 그는 또 "우리 내부의 질병은 우리에게서 나온 것이다."라고 말한 이란 작가와 "이슬람이 이슬람의 적이 되었다."고 말한 영국 무슬림 학자의 말을 인용한다.7

따라서 우리는 종교와 이데올로기에 대하여 정확한 정의를 내릴 필요가 있다.

종교는 초자연 경험이다.

비교종교학에서 종교란 대체로 신과 인간 사이를 연결시키거나 결합시키는 것으로, 인간이 신을 경외하고 숭배하는 모든 행위를 종교로 정의한다. 종교란 영어 단어 religion은 라틴어 relegere에서 파생하였다고 하는데, 서로 연결시킨다는 뜻이다. 이 단어가 의미하는 것은 종교는 아마도 신과 인간을 연결시키는 것으로 해석할 수 있다. 따라서 종교란 일반적으로 초자연적 힘이나 신에 대한 신앙으로 정의할 수 있다. 클리포드 기츠 Clifford Geetz는 종교를 종교의 기능과 연관시켜 다음과 같이 정의한다. "종교는 인간의 내면에 지속적이고도 침투적인 분위기와 동기들을 심어 놓는 일종의 상징적인 체계이다. 이는 존재의 일반적 질서에 관한 개념들을 공식화하고 개념들에 사실성의 옷을 입혀 분위기와 동기들이 실재하는 것처럼 보이게 만듦으로 가능한 것이다."

클리포드 기츠의 종교 정의는 종교란 인간이 하나의 상징체계로서 만든 것이라는 인상을 준다. 그의 이론에 따르면 결국 신도 인간이 만든 것에 불과하다. 19세기 문화인류학자 프레이저는 종교를 주술magic과 구분하고, 종교가 주술보다 더 높은 차원이라고 정의하였다. 그는 종교란 세계를 지배하는 초인적 존재를 신봉하고, 나아가서 그로부터 호의적 반응을 얻으려는 계획이 있는 것이라고 정의하였다. 문화인류학자들은 대개 종교를 한 사회가 공유하는 신념과 실천으로 정의한다. 현대신학의 조부로 알려진 슐라이어마허(Schleiermermacher 1988:128-128)는 종교란 신에 대한 인간의 의존감정으로 정의한다. 이것은 당시 종교를 도덕적, 이지적 차원에서 해석하는 것에 대한 반발도 작용한다. 독일 경건주의 영향을 받은 루터교 신학자 루돌프 오토 역시 종교를 거룩에 대한 경험으로 정의한다. 이상의 정의를 종합하면 종교란 인간이 초자연적 실체인 신이나 혹은 궁극적 실체에 대한 신앙과 실천이라고 정의할 수 있다. 종교다원주의 신학자 존 힉은 종교를 자아에서 초월적 존재로의 변형이라고 하였다. 이 정의는 힌두교적 사상이 착색된 것으로, 인간이라는 자아가 초자연적 존재인 신이나 브라마에 흡수되는 것을 의미한다.

이상의 정의를 따르면 종교란 사람이 초자연을 경험하는 것이다. 여기서 종교는 개인의 비즈니스(?)이지 결코 집단적 행동은 고려의 대상이 되지 않는다. 이슬람의 창설자 무함마드는 동굴에서 기도와 명상을 하는 중에 알라신의 계시를 받았다. 그는 개인적으로 신을 경험하였다. 이슬람에서 수피파는 알라신의 신비적 경험을 강조하지만 일반적으로 무슬림들은 종교적 경험을 중시하지 않는다. 무슬림들은 하루에 다섯 번씩 기도하는데, 대체로 기도문은 이미 지정된 내용을 외우는 것이다. 물론 개인기도도 있지만, 이슬람은 법을 중시하는 종교로서 특정 의식과 법을 준수하고 행동하는 것을 강조한다. 따라서 이슬람은 일종의 집단윤리와 행동강령이다.

이슬람은 이슬람 국가를 통하여서만 종교적 이상을 실현할 수 있다는 신정국가 논리는 도리어 종교를 부패하게 한다. 이유는 종교가 정치권력을 등에 업을 때는 반드시 타락하기 때문이다. 중세 서양 기독교가 타락한 것도 바로 교회가 국가 권력을 등에 업었기 때문이다. 로마 천주교는 중세 기독교를 기독교의 황금시대라고 말하지만 역사가들은 중세 기독교 시대를 암흑시대로 규정한다. 알 아스카리라는 이슬람 학자는 이 문제에 대하여 아주 적절한 말을 하였다. "이슬람은 정치적 권력인 국가 없이도 생존할 수 있다. 그러나 이슬람은 이러한 권력의 구조가 사라져야 한다. 그럴 때 참 무슬림이 나타날 수 있다."[8]

| 미 주 |

1. Francis Fukuyama, "The Really Enemy," *Newsweek*, Special Davos Edition, December 2001-February 2002: 58.
2. 이 문제에 대하여는 Olivier Roy, *The Failure of Political Islam*, tr. Carol Volk (London: L.B.Tauris Pub., 1994), viii-ix.
3. Bassam Tibi, *Die Fundamentalistische Herausforderung: Der Islam und die Weltpolitik*, 215.
4. Inamul Haq, *Islamic Motivation and National Defence* (Lahore: Vanguard Books Pvt., 1991), 22-23.
5. *Newsweek*, February 11, 2002: 54.
6. Hossein Motabaher, *Vom Nationalstaat zum Gottesstaat: Islam und sozialer Wandel im Nahen und Mittleren Osten* (Berlin: Verlag W. Kohlhammer, 1995), 160.
7. Salman Rushdie, "Yes, This is About Islam," *The New York Times*, March 1, 2002.
8. *Hasan al-' Askari in Verse et Contreverse: Les Musulmans* (Paris, 1971), 132-133. Kenneth Cragg, *Muhammad and the Christian: A Question of Response* (Oxford: One World, 1999), 49에서 재인용.

제 5 장 _ 이슬람 원리주의란 무엇인가?

오늘날 전 세계는 테러, 납치, 살상 등 온갖 폭력을 동원하는 이슬람 원리주의라는 무서운 집단으로 인하여 공포에 떨고 있다. 9.11테러는 세계를 새로운 전쟁터로 몰아넣고 있다. 일본학자들은 이 전쟁을 보이지 않는 전쟁, 종교전쟁으로 말하기도 한다. 이슬람의 폭력성은 오히려 이슬람 스스로를 납치하는 결과가 되거니와 모든 종교에 부정적인 이미지를 주게 된다. 그래서 서구의 일부 무신론자들이 종교는 다 악하다고 도매금으로 매도하는데, 지식인들과 청년들에게는 이러한 책들이 베스트셀러가 되고 있다. 특히 일본의 종교학자들은 일본에서 일어난 옴 진리교의 동경 시내에서의 가스 살포 사건을 계기로 종교를 부정적으로 말하기 시작하였다. 그런데 이슬람 원리주의자들의 과격 테러는 종교혐오증 현상을 더욱 가중시키고 있다.

한국에는 이미 많은 무슬림들이 있다. 대학가에, 중소기업에, 농촌에, 사무실에. 그런데 한결같이 이슬람은 테러 종교가 아니라고 말한다. 그러면 왜 이슬람에서 과격 테러가 일어나는지에 대해 솔직한 대답을 해야 한다. 국제정치학자들이 도리어 원리주의를 연구한다. 그런데 국제정치학자들은 어느 종교보다도 이슬람은 테러를 조장하는 요소가 있다고 말한다.

금번 아프간 인질 사태에서 탈레반들은 한국인들이 아프간에서 선교를 하였다고 트집 잡고 이미 두 사람을 살해하였다. 이들에 대하여 아프간 대통령 카르자이는 "탈레반은 아프가니스탄 사람도, 이슬람도 아니다."라고 하였다. 탈레반은 전형적인 이슬람 원리주의 집단이다. 이슬람 원리주의와 좌익사상은 반미, 반자본주의, 반기독교라는 점에서 공통점이 있다. 그래서 이슬람 국가들이 무신론은 강하게 거부하면서도 사회주의를 경제에 적용하였지만 실패하였다.

여하튼 이번 사태가 의미하는 것은, 이슬람 원리주의 집단과 한국교회가 결국 조우한encounter 셈이다. 영국의 이코노미스트지*The Economist*는 이 사건을 두 신앙 간의 충돌로 해석한다. 제목 자체가 대단히 의미심장하다. 『한국 크리스천과 탈레반: 신앙들의 충돌』 이 기사는 한국 기독교는 자본주의, 민주주의와 더불어 한국 사회의 3위 일체를 형성한다고 이념적으로 분석한다. "한국은 종교적 열정의 결과와 씨름해야 하는 반면, 탈레반은 알 카에다로부터 배운 사형집행과 자살폭탄의 방법을 재고해야 하는 상황"이라고 비교 분석한다. 양자 모두 하나님의 일은 어떤 대가를 치루더라도 계속되어야 한다는 의지를 다진다. 한국 개신교의 선교적 열정과 탈레반의 과격주의를 대조시키는 이 기사는 시사하는 바가 크다.[1] 종교는 피차 선의의 경쟁이 되어야 한다. 종교는 합리주의는 아니다. 그러나 합리성이 없으면 광신이다. 종교가 맹신이나 광신으로 떨어지면 파괴적이 될 수밖에 없다.

원리주의란 무엇인가?

원리주의란 기독교 용어로서, 근본주의fundamentalism라고도 한다. 원리주의가 일신교인 기독교와 이슬람에서 먼저 발전한 것은 경전과 체계적 교리가 있고 청교도적 윤리관이 있기 때문이다. 반면 다신론 종교에도 원리주의는 있으나 활동이 비교적 약하거나 강도가 일신교의 원리주의만큼 강하지 않다. 이것은 다신론 종교는 경전이 너무 복잡하고 청교도적 윤리관이 약하기 때문이지도 모른다. 원리주의는 무조건 나쁘다고 생각하지만, 긍정적인 원리주의도 있다. 그러나 대체로 원리주의는 부정적 이미지를 풍긴다.

원리주의라는 용어는 20세기 초 미국의 기독교 신학 논쟁에서 시작된 것인데 이 용어가 아시아의 비기독교 원리주의 운동에도 적용되었다. 20세기 초반 미국교회와 신학계에는 자유주의 신학이 등장하자 이에 반발하는 집단이 일어났는데, 이것을 복음주의라고 부른다. 미국의 복음주의자들은 1930년대 미국사회를 떠들썩하게 한 소위 원리주의와 현대주의modernism 신학 논쟁을 일으켰다. 물론 논쟁의 불을 붙인 자들은 실제로는 현대주의자들이다. 복음주의 신앙과 신학이 기독교의 오리지날이고 근대주의는 후에 등장한 도전자인 셈이다. 새롭게 일어난 근대주의가 기존의 기독교회와 신학을 공격한 셈이다. 미국 원리주의 신학의 대가라 할 수 있는 그레샴 메첸Gresham Machen 박사는 근대주의는 기독교와 합리주의의 합작품이기 때문에 다른 종류의 기독교라고 단호하게 배격하였다. 이렇게 복음주의자들은 근대주의를 거부하였다.

정통주의자들은 근대주의의 잘못된 공격에 대하여 신학적 마지노선을 설정하였다. 그것은 바로 성경의 무오성無誤性, 예수 그리스도의 신성, 동정녀 탄생, 예수의 죄 없으심, 예수 그리스도의 기적과 대속의 희생, 그리스도의 육체적 부활과 재림이다. 하지만 이러한 선한 의도로 시작된 노력에도 불구하고 원리주의는 반문화주의, 사회 행동social action 혹은 사회 참여의 무관심, 반과학주의라는 비판을 받고 주류 교단과 신학교에서 도리어 몰리는 상황이 된다. 미국의 많은 대학들이나 큰 신학교들이 도리어 근대주의에 줄을 서고 만다. 예를 들면 프린스턴 신학교에서 정통주의를 고수하는 신학자들은 1929년 웨스트민스터 신학교를 세운다. 이것이 유명한 원리주의(필자는 근본주의를 원리주의로 표현한다)와 현대주의의 논쟁이다. 기독교 원리주의 운동에 참여한 자들 중에서는 『근본적인 것』*The Fundamentals*라는 잡지를 제작, 전국에 배포한다.

이렇게 기독교 원리주의는 자유주의나 현대주의의 위협으로부터 기독교의 근본적 교리나 진리를 철저하게 방어하고, 나아가서는 원래의 종교 이념으로 돌아가자는 운동이다. 일종의 기독교 방어 운동이라고 정의할 수 있다. 이 용어가 다른 종교에도 그대로 사용되었다.

원리주의는 나쁜 것인가?

그런데 원리주의라는 용어는 불행하게도 편협한 사고narrow-mindedness, 몽매주의, 반근대주의와 같은 부정적인 의미로 사용되고 있다. 기독교 원리주의를 비판하는 사람들은 기독교 원리주의에도 사회변혁social transformation에 관심을 가지는 개혁신학에서부터 사회적 관심이라고는 찾아볼 수 없는 편협주의narrow-minded에 이르기까지 여러 종류가 있다는 사실을 모르는 것 같다. 엄밀히 말해서, 아시아의 많은 복음주의자들은 성경의 기본 가르침을 철저하게 믿기 때문에 초기 기독교 원리주의의 범주에 속한다. 그들의 헌신은 확고하며 흔들림이 없다. 아시아의 크리스천들은 자기들 사회에서 소수 종교로서 살아남기에 바쁘기 때문에 사회 정치적 이슈들에 대해서는 그다지 관심이 없다고 하겠다. 이점에서 아시아 크리스천들은 사회행동social action에 깊은 관심을 보이는 요즘 서구의 복음주의와는 많이 다르다. 그리고 이것은 일면 초기 원리주의가 사회 문제에 관심을 갖지 않은 데 대한 반발이기도 하다. 그러나 복음주의 사람들은 원리주의란 용어를 그리 반기지 않는다. 일반적으로 복음주의 자들은 초기 기독교 원리주의에 속하는데도 불구하고 원리주의라는 용어 사용하기를 주저한다.

가장 두드러지게 나쁜 인상을 주는 원리주의는 이슬람 원리주의이다. 이슬람 원리주의는 현재 9.11테러로 더욱 과격한 종교집단으로 전 세계에 알려지고 말았다. 마스크를 하고 총을 흔들어대는 투사로서의 이미지, 아 프간 산악에서 죽음을 불사하고 미국 등 연합군과 전투하는 알 카에다 등 등. 그래서 서구에서 이슬람 원리주의라는 용어는 부정적인 이미지들을 연상시킨다. 서구와 이슬람은 불행하게도 대립관계로 정립되고 말았다.

특히 이슬람 원리주의 하면, 꾸란을 문자적으로 해석할 뿐 아니라 필 요하다면 꾸란의 가르침을 억지로 강요하는 광적이며 편협한 사람들이라 는 인식을 가지고 있다. 이들 무슬림들은 경전sacred text을 읽는 방식에서 도 편협하지만 종교와 국가의 분리를 거부하기 때문에 현대화에 뒤떨어 지게 된다. 그래서 원리주의자들을 ‘시대에 뒤떨어진 사람들backward’로 멸시받으며, 책에서나 대중 매체들에서 부정적인 이미지로 통용되고 만 다. 물론 이것은 서구가 보는 이슬람 원리주의의 이미지이다. 비서구 세 계에서는 이들을 동정적 눈으로 보는 시각도 있다. 여하튼 이슬람 원리주 의는 이슬람국가를 건설하려고 하는 현대 이슬람 정치운동들과 사상들을 가리킨다.

이슬람 원리주의의 이미지

비기독교 종교들 가운데서 가장 급진적인 원리주의 운동은 이슬람 원 리주의인데, 이슬람 원리주의가 등장한 원인을 분석하는 것은 그리 간단하지 않다. 이슬람 원리주의의 등장 원인은 긍정적인 측면과 부정적 측면의 양면성을 띤다. 긍정적 측면은 이슬람의 개혁을 주장한 개혁자들이 원리주의의 효시가 될 수 있다. 동시에 16세기 이후 이슬람 문명이 서구에 뒤떨어진 것을 회복하려는 자의식의 운동이다.

반면에 부정적인 차원은 지나친 반서구 감정과 반기독교 정서이다. 16세기까지만 하여도 이슬람 문명은 서구보다 앞섰다. 그러나 그 이후 도리어 서구에 지배를 당하고 만다. 이슬람 세계는 자존심이 강한데 자존심에 엄청난 상처를 받았다. 일본의 이슬람 전문가 카세 히데오끼는 이슬람 세계와 중국을 유사하다고 비교한다. 양자 다 자존심이 너무 강하고 자기 문화에 대한 자부심이 강하다. 솔직히 표현하면 오만하다는 것이다. 중국이나 한국은 일본보다 오래된 문화 전통을 가지고 있다. 그런데도 불구하고 두 나라는 일본에 뒤떨어진 것에 자존심이 상한다. 이슬람 세계 역시 기독교적 서구보다 한 때 더 우수한 문명을 가졌었는데, 지금 추월당하고 말았다. 따라서 현대 이슬람 원리주의의 직접적 동기는 기독교가 강하여진 데 대한 증오심리가 크게 작용하였다고 분석한다. 하지만 이슬람은 오래전부터 원리주의 운동이 있었다고 말한다.[2]

현대 이슬람 원리주의 운동은 와합주의가 시작이라고 할 수 있지만 동시에 이슬람 개혁자들이 큰 영향을 미쳤다. 이슬람 개혁자로 이슬람 원리주의 운동에 직접적 영향을 준 인물은 이란의 아프가니(Jamal al-Din al-Afghani 1839-1897)이다. 그는 강제적이 아닌, 자연스러운 이슬람 정부의 발전 운동을 제창하면서 동시에 서구문명이 이슬람을 오염시키는 것을 경계하였다. 그는 서구문명에서 배울 것은 배워야 한다고 하면서도 인도에서 이슬람으로 반영 감정을 조장한 과격한 이슬람 운동가이다. 그는 이스탄불, 카이로, 테헤란 등지와 다른 여러 무슬림 세계(파리, 런던 포함)를 여행하면서 범이슬람주의 공동체의 이상을 퍼뜨렸는데 이것은 단순히 교리나 의식rituals보다는 동시에 정치 경제적인 이념이었다. 그는 이러한 목표의식에 따라 서구가 이슬람 영토를 침입하고 지배까지 하도록 놔두는 나약한 무슬림 지도자를 공격하였다. 아프가니의 유산은 다른 이슬람 운동가에게로 계승되었다. 아프가니의 유명한 제자인 무함마드 압두(Muhammad Abduh 1845-1905)는 이집트인으로 유럽의 제국주의와 동양의 전제정치를 반대하고 서구정부와 이슬람 전통 형태의 통합을 제창한 이슬람 개혁자이다. 그럼에도 그 역시 초기 이슬람으로의 복귀를 강조하였다. 그의 사상은 학식 있는 무슬림들로부터 많은 지지를 받았다. 그 외에도 이슬람 근대화를 부르짖은 수많은 이슬람 부흥운동가들이 있었다.[3]

19세기 이슬람 개혁자들의 이론과 운동을 바탕으로 20세기에는 더 과격한 이슬람 운동이 일어난다. 그러나 20세기에 들어와서 개혁적 이슬람 부흥운동은 불행하게도 합리적 목소리가 효력을 발생하지 못하고 과격한 소리가 더 위력을 발휘한다. 반서구 감정이 이슬람 세계를 자극, 급진적이고 전투적인 이슬람 원리주의가 무슬림 지성인들과 청년들에게 어필하게 된다. 1950년대와 1960대는 서구 식민세력이 아시아와 아프리카에서 퇴각한 시기라면, 1960년대와 1970년대는 비서구세계가 독립한 시기이다. 그러나 독립의 기쁨은 잠깐이고, 자국 정부는 부정부패와 사회갈등에 휘말리고 문화적으로는 서구의 세속주의와 물질주의가 침투하여 전통문화를 약화시키거나 붕괴시킨다. 비서구는 정치적으로는 독립하였으나 기술, 경제, 교육, 문화는 다시 서구에 종속되는 상황이 되고 말았다. 특히 서구화는 무슬림들에게는 종교성을 죽이는 세속화로 비쳐졌다. 이러한 세속화에 대항하여 이슬람 원리주의자들은 이슬람 신정국가theocracy를 세우고자 하였다. 이슬람 원리주의는 이슬람이 지배하는 국가들인 파키스탄, 아프가니스탄, 인도네시아, 말레이시아, 알제리, 팔레스타인 및 중동국가에서 주로 발전하였지만 이슬람이 소수인 인도에서도 원리주의가 발전하였다. 이슬람 원리주의의 직접적 원인은 이슬람 교리가 안고 있는 교리적 요인과 자체 개혁운동이지만, 외적 요인은 다음과 같이 요약할 수 있다.

첫째, 이슬람 내부에 대한 저항운동이다. 독립 후 대부분의 이슬람 국가들은 정치적 혼란과 부정부패, 사회 이완 현상이 심하여 청년들과 지성인들이 불만을 품기 시작한다. 이것의 원인을 인간의 죄성이나 도덕적 결여로 보지 않고 이데올로기적 차원에서 분석한다. 마치 해방신학이 사회 모순을 사회 구조, 즉 권력자, 부자 등 기득권 세력에 돌리듯, 원리주의자들은 자본주의와 서구문명이 안고 있는 구조적인 결함으로 해석하고 이슬람만이 대안이라고 판단한다. 그래서 이슬람의 본질로 돌아가자고 외친다.

둘째, 서구에 대한 저항이다. 비기독교 종교의 원리주의는 반세계화운동과 유사하다. 세계화란 결국 맥도날드 햄버거와 코카콜라로 상징되는 미국 문화이다. 원리주의는 맥월드McWorld(맥도날드 햄버거와 코카콜라)에 대항하는 지하드이다.4 동시에 서구 문명의 배후 이념인 기독교와 계몽주의에 대한 지하드이다. 특히 이슬람 원리주의는 양자를 절대 거부한다. 특히 계몽주의나 합리주의를 거부하는 것은 이성이 계시 위에 군림하는 것을 용납하지 않는 것을 뜻한다. 알라는 가장 합리적 신이라는 것이다.5 이미 언급한 바와 같이 현대 기독교가 전 세계적으로 확산되어 심지어, 이슬람 국가에도 적극적으로 선교하는 것에 강한 거부반응도 있다.

이슬람 원리주의는 20세기 초에 중동국가에서 시작되었지만 본격적으로 조직이 활성화되고 행동화한 것은 1970년대이다. 특히 호메이니의 이슬람 혁명은 이슬람 원리주의가 본격적으로 행동화하는 신호탄이고, 이슬람 부흥의 서막이다. 호메이니는 선과 악의 우주적 전쟁이라는 명분으로 폭력을 정당화하였다. 그는 기독교와 세속주의를 '대적자' 혹은 '불경건' 세력으로, 미국을 사탄으로 간주한다. 이란 원리주의자들은 서구문명과 미국을 세속주의의 전염자로 간주한다.

이슬람이 다수인 국가에서 이슬람 원리주의가 등장하고 발전하지만 원리주의자들은 수적으로는 소수이다. 원리주의를 지지하는 무슬림은 약 10~15%로 본다. 그러나 그들의 급진적인 이념과 활동들이 미치는 영향과 결과들은 우리가 무시할 수 없을 만큼 엄청나다. 이러한 현상은 과거 우리 사회에 한때 운동권이 사회 분위기를 주도했던 것과 유사하다. 1980년대 과격 데모가 한창일 때 운동권 세력은 소수지만 무서운 위협이 되었다. 만약 그들을 욕하거나 충고하면 사회적으로 무서운 보복을 감수해야 했다. 이슬람 원리주의가 지배하는 사회도 마찬가지이다. 예를 들면 1990년대 중반 파키스탄에서 한 은행 고위 지도자가 금요일 안식일은 파키스탄 경제발전에 저해가 되므로 같은 이슬람 국가인 인도네시아처럼 일요일을 공휴일로 해야 한다고 제안하였다. 이유는 금요일이 휴일이 되면 서방과 거래가 중단되고, 파키스탄이 일하는 토요일과 일요일 역시 서구가 공휴일이 되어 사실상 경제활동이 불가능하다는 것이다. 그는 경제에서 국제화를 절감한 사람이다. 그러나 그의 제안은 무서운 시위와 위협을 당하지 않으면 안 되었다. 합리적 소리가 먹혀들지 않는다.

하지만 이슬람 원리주의자들은 특정 이슬람 집단에만 국한되는 것이 아니다. 이슬람 원리주의에 입각한 나라들도 있다. 사우디, 이란은 극단적 이슬람 원리주의 국가이고 파키스탄 등은 온건한 이슬람 원리주의 국가이다. 온건한 이슬람 원리주의를 보수주의적 원리주의로 표현하기도

한다.

이슬람 원리주의라는 용어에 대하여 이슬람 세계는 기분 좋게 받아들이지 않는다. 주로 이슬람주의Islamism로 사용한다. 혹은 이슬람주의자Islamists라는 말을 선호하는 것 같다. 그럼에도 상당수 이슬람 원리주의자들은 이 용어가 기독교에서 나왔음에도 그대로 수용하는 편이다. 아랍어는 영어의 원리주의fundamentalism에 해당하는 단어를 갖고 있지 않다고 한다. 가장 유사한 아랍어 단어는 '원리적al-usulija'이다. 파키스탄의 이슬람 학자는 원리주의라는 용어를 적극적으로 지지한다.

도대체 왜 무슬림은 원리주의자라고 불리는 것에 대해 불쾌감을 느끼는가? 모든 종교를 신봉하는 사람들 가운데서 이 이름을 받을 수 있는 사람들은 원리주의자들이거나 불신자들이다. 크리스천이 삼위일체Trinity를 믿지 않고 크리스천이 될 수 있을까? 한 사람이 자신이 신봉하는 종교의 가장 기본적인 교리들을 믿기를 멈추는 순간 그는 더 이상 신앙의 사람이 아닌 것이다. 무슬림들이 원리주의자들이라고 불리는 것은 영광스러운 일이다. 무슬림은 자신이 원리주의자인 사실에 대해 변론하려 하기보다는 자랑스럽게 생각해야 한다! 무슬림은 이슬람의 기본원리fundamentals들을 믿어야 한다. 그것들을 부인하는 순간 그는 더 이상 무슬림이 아니다.[6]

많은 무슬림들이 원리주의라는 용어에 부정적 견해를 가지는 것은 서구 대중매체가 원리주의를 극단주의extremism, 광신주의fanaticism, 심지어는 테러주의terrorism와 동일시하기 때문이다. 그래서 원리주의라는 말 대신에 정치화된 종교politicized religion, 이슬람주의Islamism, 반대의 종교religion of opposition, 종교적 민족주의religious nationalism, 반현대주의anti-modernism, 또는 배타주의exclusivism 등과 같은 대체 용어들을 제안하는데, 이것들은 더 과격한 의미를 담는다. 싱가포르의 이슬람 학자 모나 아바자Mona Abaza는 원리주의 대신에 이슬람주의라는 용어를 제안한다.

이슬람 원리주의의 정의에 관해서 이슬람 학자들은 그것을 설명하려고 하지 않는다. 대신 그들은 그들의 운동을 설명하는 일에 더 관심을 갖는다. 그리고 그들은 이슬람 원리주의 운동에 대한 서구세계의 부정적인 반응들에 대해 불평한다. 이런 이유 때문에 '이슬람 원리주의Islamic fundamentalism'의 정의는 무슬림 자신들의 개념과 행동들에 기초하여 내려져야 한다.

이슬람 원리주의는 꾸란의 가르침들을 실천하려고 하고, 이러한 가르침들을 정치를 포함하여 사회의 모든 분야에서 폭력을 포함한 어떠한 수단도 불사하면서까지 적용하려는 조직적인 운동이라고 정의될 수 있다. 최근에 이슬람 원리주의는 한국과 일본의 언론인들이 국제 정치권에서 부각되는 이슬람 원리주의의 활동들을 인식하게 되면서 한국과 일본에서 대중매체의 주목을 끌었다. 일본의 언론가 요시노리 칸도Yoshinori Kando 는 이슬람 원리주의를 "꾸란의 기본 가르침들을 지키고, 그것들을 일상생활 속에서 실천하려고 하는 생각이나 운동"이라고 정의한다.7 일본 경제신문도 이슬람 원리주의자들을 "꾸란의 가르침에 의해 다스림을 받는 자들"로 묘사한다. 미국의 사회학자 먼슨Henry Munson Jr.은 이슬람 원리주의를 정의하기를 "사회와 정치를 포함한 삶의 모든 국면들이, 오류가 없으며 불변하다고 믿는 거룩한 경전에 맞춰져야 한다고 주장하는 사람"8이라고 한다.

반면 버나드 루이스Bernard Lewis는 과격하고 호전적인 이슬람 단체들을 묘사하는 용어로 원리주의라는 용어를 사용하는 것을 반대한다. 그는 모든 무슬림들이 꾸란을 대하는 태도에 있어서 원칙상 원리주의자들이라고 주장한다. 급진적 전투적 이슬람 근본주의는 이슬람권이 서구화와 근대화를 겪는 과정에서 탄생했다. 이슬람문명과 서구문명은 사실상 수백 년 동안 적대적 관계를 형성하였기 때문에 서구 학자들이 더욱 이슬람 원리주의에 민감한 편이다.

종교 원리주의의 일반적 특징

모든 원리주의는 공통된 주장과 특징이 있다. 종교 원리주의에 대하여 1990년대 초기 시카고 대학은 원리주의 프로젝트의 연구로 원리주의에 대한 연구서 4권을 출판하였다. 이 연구소는 종교 원리주의 특징들을 다음과 같이 요약한다.

① 원리주의는 전통 문화와 종교가 강하게 뿌리를 내린 문화권에서 주로 발전한다. 이러한 문화권은 전통이 너무 강한 나머지 자신들은 전통주의자라는 것을 모르며, '다른 것' 을 보지 않는다.

② 원리주의들은 항상 외부로부터의 위협을 받고 있다는 강박관념에 사로잡힌다. 그러면서도 '잃어버린 세계' 에 대한 강한 집착을 가진다. 원리주의자들이 불안하게 느끼는 외부로부터 오는 위협은 바로 서구화, 현대화, 다원주의, 세속주의 등이다.

③ 사람들 속에 어떤 전반적인 불안, 불만, 정체성 혼란과 초점의 상실 등이 있다. 불만을 느끼는 사람들에게는 명분을 주는 지도자가 등장하게 된다. 반면에 도전자나 적들은 배교자, 이단자, 혹은 세속적 인본주의자로 취급된다.

④ 원리주의는 일종의 반발 운동이다. 원리주의자들은 자신들이 보존

해야 할 전통이 위협당한다고 생각하면 그것을 혁신하거나 방어하거나 새 길을 모색하려고 한다. 원리주의는 이러한 식의 반응reaction과 반작용 counteraction이 특징이다. 후자는 신중한 개선의 형태를 취한다. 또한 지도자들은 본질적인 것과 비본질적인 것을 분리한다. 원리적인 것은 타협하지 않으려고 하지만 과거의 것은 취사선택하고 그것을 원리적인 것으로 고집한다.

⑤ 원리주의자들은 권위를 추구한다. 교황의 무오성과 같은 계급적 권위을 지나치게 강조한다. 권위는 율법책, 이야기, 옛날에 있었던 사건을 들먹이기도 한다. 항상 그들은 권위가 있는 사본인, 사물에 대한 최종적 진리를 말하는 무오한 성경을 고집한다. 샤리아나 정확무오한 성경이 제시하는 그런 보증이 없이는 운동을 지속하기 어렵다.

⑥ 원리주의자들이 고집하는 공통된 특징은 교리적, 실용적, 행동적, 문화적인 것들이다. 그러나 그것들은 걸림돌이 되고 만다. 원리주의자들의 가르침이나 주장들은 자신들의 교리들을 빠져나가는 이들을 '함정에 빠뜨리고' 자신들의 가르침들을 거스르는 이들을 '걸고넘어지기 위해' 선택되고 계획된다. 이것들은 외부 세계에 원리주의 운동을 찬양하기 위해 선택된 것은 아니다. 불륜을 범한 남녀 또는 소매치기를 재판 후 손목을 자르는 일 등에 대해 '외부인들은' 격분하거나 소외감을 갖는다. 그들은 그럴 것으로 예상한다.

⑦ 원리주의는 이중성ambiguity과 양면성ambivalence을 싫어한다. '이것' 이든지 '저것' 이어야 한다. 그들은 우주질서가 선과 악의 지배하에 분명하게 나뉘어 있다는 것을 의미한다. 이것은 마치 기독교가 세계를 그리스도와 적그리스도의 세계로, 혹은 하나님과 사탄의 세계로 구분하는 것과 같다.

⑧ 이러한 정확한 형이상학적인 이분법을 기초로 하여 한 민족의 형성에는 실제적인 구분이 존재한다. 원리주의는 흔히 문화적 '친밀도 thickness'나 혈통이나 신체적 유사성에 근거한 부족주의를 중시한다. 그러나 대중매체에서는 이것이 하나님의 당the party of God, 하나님의 사람들the people of God, 선택받은 사람들 또는 선민the chosen people or the elect으로 등장한다.

⑨ 원리주의는 잠재적으로 또는 실제로 공격적이 된다. 그래서 언론들은 원리주의를 호전주의, 테러리즘, 혁명, 저격, 살상과 동일시한다.

⑩ 원리주의는 본질적 역사철학을 포용, 미래의 역사는 이미 일어난 것처럼 만든다. 원리주의는 다른 종교와 마찬가지로 메시아적이고 천년 왕국적이다. 그들은 계급 없는 사회, 다가오는 황금시대 또는 천국의 희망을 제시한다. 그들의 역사철학은 진보적일 수 있지만 그 세계는 묵시록적이고 극적인 파국을 통하여서 실현된다. 한 단체나 개인이 이러한 역사철학을 가지면 퇴행과 지연postponement으로 살게 된다. 미래는 확신이고, 과거는 웅대했으며, 현재는 구름 낀 날씨이다.[9]

이슬람 원리주의의 주요 사상

그러나 이슬람만이 가진 교리와 사상이 있다. 이슬람 원리주의의 주요 내용을 요약하면 다음과 같다.

① 이슬람 원리주의가 가장 강조하는 것은 이미 언급한 것처럼 본래의 이슬람으로 돌아가자는 것이다. 무함마드가 가르친 꾸란의 이슬람으로 돌아가자는 것이다. 그래서 꾸란을 문자적으로 해석한다.

② 원래의 이슬람을 믿고 복종하는 자들만이 알라의 선택자라는 배타적 선민의식이다. 너무나 편협한 가치관과 자기들만 선택된 자라는 좁은

범위의 정체성을 광적으로 고집한다. 이것은 다른 종교인들에게만 해당되는 것은 아니다. 같은 이슬람이라도 원리주의 신앙을 따르지 않으면 적으로 간주한다. 이것도 타도의 대상이다.

③ 과민반응의 피해의식이다. 이슬람 세계가 서구와 미국의 침략을 당한다는 것, 이슬람 종교가 세속주의에 잠식당할 것이라는 위기의식을 강조한다.

④ 자기 국가의 부정부패에 대하여 민감하다. 이 부정부패의 원인도 세속주의와 자본주의를 채택하였기 때문으로 해석, 자기 정부도 전복시키려고 시도한다.

⑤ 종교와 문화의 다원화 현상을 거부한다. 즉 다른 종교나 문화와의 평화적 공존을 거부하고 이슬람이 지배하는 사회와 문화를 고집한다. 종교와 문화의 획일주의이다.

⑥ 합리적 비판을 거부하거나 무시함으로써 자기 종교의 근본원리를 상황화하지 않으려고 한다. 이슬람의 시대적 적응을 타락이나 변질로 간주한다.

⑦ 이슬람의 샤리아를 절대시하여 형법이나 사법에도 이것을 그대로 적용한다. 고대 사막의 부족 사회에서나 통용 가능한 법과 제도를 현대 시대에도 고집한다. 강간한 자를 공개적으로 돌로 치는 것이라든지, 도적질한 자는 오른 손목을 자른다든지, 다른 중대한 범죄를 공개 참수형을 한다든지, 교통 위반자는 사람들이 보는 도로변에서 매질한다든지 하는 것 들이다.

⑧ 자기 문화와 종교의식을 절대시하여 어디에서나 동일한 형태form를 고집한다. 예를 들면 차도르는 기후나 장소에 상관없이 무조건 의무화한다. 그러나 많은 이슬람 국가들은 차도르는 개인의 자유에 맡긴다.

⑨ 자기 종교에 구세주 모델과 더불어 카리스마적 권위를 강조한다. 동시에 이적을 조장하면서 물질적 성공과 타계(저 세상)에서 축복이라는 양면성을 추구한다.

⑩ 기독교와 유대교에 대한 강한 증오심을 유발시키고 이것을 행동화하여 박해하고 심지어 살인하는 것을 죄악시하지 않는다. 종교충돌을 부추긴다. 종교 원리주의에 대하여 특징을 잘 나타내 준다.

⑪ 폭력을 정당화한다. 지금 전 세계는 알 카에다나 탈레반 및 다른 원리주의 집단의 자살폭탄 테러와 폭력의 공포에 휩싸이고 있다. 어떤 점에서 전 세계 사람들에게 자살 폭탄 같은 끔찍한 테러행위로 사람들에게 공포심을 일으키게 하는 것도 계산된 전략으로 나타나고 있다. 미국의 선교학자 윌리엄 와그너는 이슬람의 선교 3대 전략은 지하드jihad, 다와Dawah, 공포Fear라고 지적한다.[10] 공포는 일반 이슬람의 전략이 아니라 원리주의의 전략으로 보아야 할 것이다.

이슬람 원리주의 집단의 행동원리

원리주의 집단들은 위에 소개한 자기들의 철학을 관철시키기 위하여 대략 다음의 4가지 행동을 실천하는데, 이것이 대단히 무서운 것이다.

① 정치지도자들을 암살하는 것이다. 이것은 이집트 형제단의 사다트 대통령 암살이 대표적인 케이스이다.

② 어느 지역이나 중요한 장소를 점령하는 것이다. 가장 드라마틱한 점령은 1979년 40세의 자하이만 이븐 샤이브 알 우타이바가 이끄는 400명의 와합파 무장게릴라가 야밤 중에 카바신전을 검거한 사건이다. 이 날은 이슬람 달력으로 15세기의 시작이 되는 날이다. 이 신전은 일시에 25만 명을 수용할 수 있는 넓은 장소이다. 이들이 카바 신전을 점령한 이유

는 사우드왕가가 이슬람의 계율을 어겼다는 것이다. 그래서 왕정제도를 없이하고 이교도인 서방과의 관계를 단절하라고 촉구하였다. 흥미로운 사실은 사우디 정부는 이들을 진압하는 데, 1만 명의 사우디 군인, 수천 명의 파키스탄 군인들과 프랑스 특수부대를 초청하였다. 파키스탄 군인들을 동원한 것은 사우디 군대를 믿지 못한다는 것이다. 프랑스 특수부대원들은 '이교도들'이라, 거룩한 신전에 들어갈 수 없다. 그래서 이슬람으로 개종하는 의식을 행한 다음에 들어갔다. 물론 게릴라들은 무참하게 살해당하거나 처형당했다.

③ 국가를 정복하는 것이다. 호메이니의 이슬람 혁명이 샤 왕의 이란을 정복한 것과 탈레반의 아프간 점령은 대표적인 케이스이다.

④ 테러행위이다. 9.11테러 이전에 이미 수많은 테러행위가 있었다. 앞으로도 테러는 계속될 것이다. 이슬람은 결코 테러가 아니라고 한다. 그러나 이슬람 종교에서 테러가 많이 발생하는 것에 대하여 어떻게 해석해야 할 것인가? 신의 이름으로 행해지는 테러는 공산주의에서 배운 것인지 아니면 이슬람 교리에서 온 것인지는 더 연구되어야 할 과제라고 본다.

1. Korean Christians and the Taliban: A clash of faiths, *The Ecnomomist*, August 2nd, 2007:6.

2. 山本七平 加瀬英明『イスラムの讀み方』(祥傳社, 平成 17年), 289-294.

3. 현대 이슬람 개혁운동가들에 대하여는 John L. Esposito and John O. Voll, *Maker of Contemporary Islam* (Oxford: Oxford University Press, 2001)을 참조할 것.

4. 이 주제는 Bemjamin R. Barber, *Jihad VS. McWorld: Terrorism's Challenge to Democracy* (Oxford: Corgi Book 2001)를 참고할 것.

5. ブェルナ-・フト『原理主義: 確かさへの逃避』志村 惠 驛, (新敎出版社, 2002), 113.

6. Abdul Gafoor, "The Facts about Fundamentalism," *News International* (February 19, 1995): 5.

7. 觀堂義憲『世界の民族. 宗敎かわかる本』(書房, 1994), 66.

8. Henry Munson, *Islam and Revolution in the Middle East* (New Haven: Yale University Press, 1988), 4.

9. Martin Marty, *Accounting for Fundamentalism* (Chicago: The University of Chicago Press, 1994), 18-22.

10. 이 주제에 대하여는 William Wagner, *How Islam Plans To Change the World.* (Grand Rapids: Kregel, 2004)를 참조할 것.

제 6 장 _ 이슬람원리주의 국가와 주요그룹

원리주의 국가 사우디아라비아

와합주의:이슬람 원리주의 모델

현대 이슬람 원리주의 국가 가운데 가장 대표적인 국가는 바로 사우디아라비아이다. 이슬람 테러리스트들의 모든 이론적 배경은 사우디아라비아의 와합원리주의라고 해도 과언은 아니다. 이미 언급한 바와 같이 현대 사우디는 무서운 칼과 경전이 혼합되어 만들어진 나라이다. 사우디는 중동에서는 이상하게도 가장 미국과 가까운 동맹국이다. 현대 이슬람 원리주의를 체계화시킨 와합주의는 미국을 '시대의 우상Idol of the Age' 으로 단정하고 이 미국이 기독교, 유대인, 시아파 및 경건하지 못한 수니파와 결탁하여 참 이슬람 세계를 파괴하려는 음모를 꾸미는 나라로 경계한다. 그래서 미국에 테러와 선교를 동시에 수출하는 나라이며, 미국 프리덤 하우스가 발표하는 종교 박해 일등 국가이다. 와합주의의 일신론Tawhid는 이슬람 성직자들의 독특한 정치체제이며 억압적인 사우디 국가를 형성하는 정치 이념이다. 이 교리에 의하여 기독교, 유대교, 시아파, 불경건한 수니파를 가짜 일신론으로 배격한다. 이 점에서 사우디는 이슬람의 종주국이지만 모로코의 이슬람 단체가 지적한 대로 참 이슬람 대신 과격 이슬람을 전 세계에 수출하는 나라가 되고 말았다. 오사마 빈 라덴이나 탈레반 같은 급진적 이슬람 운동의 뿌리는 와합주의이다.[1]

와합주의의 창시자 와합(Muhammad Abd al-Wahhab 1703-1787)은 엄격한 이슬람 가문에서 출생하였다. 와합의 아버지는 아들에게 수니학파의 엄격한 종파 신앙을 가르쳤다. 와합은 여러 곳을 여행하면서 여러 형태의 이슬람 신학과 신화를 공부한 자로서, 그는 수피Sufi 이슬람을 공격하고 아라비아로 돌아와서 자신이 해석한 이슬람 교리들을 설교하기 시작하였다. 그는 과거 이슬람 학자들이 쓴 이슬람 책은 문제가 많다고 정죄한다. 그래서 이전의 이슬람 학자들(물라)이 쓴 책에서 비이슬람에게 관용을 가르치는 부분은 다 삭제시킬 정도로 이슬람을 전투적 종교로 개조하고 만다. 그리고 무함마드가 가르친 본래의 이슬람으로 돌아가자는 것이었다. 즉 꾸란과 순나(순나는 무함마드가 가르친 습관과 종교적 실천)로 복귀하여 이슬람에 첨가된 미신적 신앙이나 거짓된 실천과 관습은 다 제거하자는 것이다. 그로 인하여 그는 고향에서 내쫓겼는데, 심지어 그의 형마저 동생을 극단주의라고 배격하였다. 과격한 사상으로 2년간의 은둔 생활 후에 많은 책을 저술하지만 술래이만이라는 그의 형마저 동생의 오만과 광신적 신앙을 도리어 증오한다. 형은 『와합파를 반대하는 신의 분노』라는 저서에서 동생의 성직자 자격을 노골적으로 비난하였다. 형이 동생을 비판하는 점은 와합이 이슬람 세계(Dar al-Islam: 평화의 집)와 비이슬람 세계(Dar al-Harb: 전쟁의 집)로 구분하고 비이슬람 세계는 무력으로 정복해야 한다는 급진적 사상이다. 전자는 이슬람의 통치하에 있는 세계를, 후자는 비이슬람의 세계를 의미한다. 급진적 사상으로 인해 이단자로 몰리기도 하였지만 그의 사상은 결국 사우디를 석권하게 된다. 와합은 후일 형에게 보복한다.

그런데 그의 이론에 감동하는 첫 개종자는 무함마드 이븐 사우드 Muhammad ibn Sa' ud이다. 사우드는 아라비아의 한 토후로서, 와합은 그에게 그의 교리와 무기 사용법을 가르쳤다고 한다. 사우드 토후가 와합과 손을 잡게 된 근본적 이유는 와합의 지하드 이론을 통하여 당시 분열되었던 사우디 반도를 통일하는 수단으로 삼는 데 대단히 유익하였기 때문이다. 양자의 결탁을 정치학자들은 종교와 정치의 불순한 동맹unholy alliance으로 말한다. 프랑스의 저널리스트 안토니 바스부는 이것을 '경전과 칼의 동맹' 혹은 '군대와 교회의 동맹' 으로 정의한다.[2] 사우디라는 나라 이름이 사우드 왕가라는 이름에서 나왔는데, 이러한 예는 세계에서 유례가 없다고 한다. 사우드 왕조의 정통성은 많은 도전을 받는다. 불안한 사우드 왕가는 권력 유지를 위하여 많은 부족들과 결혼관계를 맺어 왕자와 공주가 엄청나게 많다. 정부는 많은 왕족들을 달래기 위하여 국고를 엄청나게 지불해야 하는데, 이것은 국민들의 불만을 사게 된다. 사우디는 나랏돈과 왕실 돈의 구분이 모호하다. 윌리 모리스 전 사우디 영국대사는 외교부에 보낸 비밀 문건에서 사우디 왕실은 국가 경영을 가족 비즈니스처럼 생각한다고 하면서, 당시 파드왕의 재산은 280억 달러인데 5천 명 이상의 왕자가 있고, 왕실 인원만 3만 명이다. 이 왕자 중에 60명이 핵심적인 의사 결정에 참여한다고 말하고 있다.

사우디가 이슬람의 종주국이 되듯이 원리주의 역시 사우디가 종주국이 된다. 하지만 와합 율법주의도 사우디 왕가의 도덕적 순수성을 가져오는 데 실패한다. 지나친 율법주의는 항상 위선자를 낳게 마련이다. 그리고 숨어서 세속을 즐기는 사람이 생기는데, 사우디도 예외는 아니다. 사우디의 부자들은 여름 휴가철이면 레바논이나 다른 중동국가의 자유로운 나라에 가서 마음껏 즐긴다고 한다. 그러나 사우디가 이슬람 선교를 위하여 쓰는 돈은 상상을 초월한다. 전 세계의 많은 웅장한 모스크는 다 사우디 돈으로 지었다고 해도 과언은 아닐 것이다. 엄격한 원리주의로 인하여 사우디는 유형의 기독교회는 하나도 없는 나라로 기록되고 있다. 전 세계에서 종교의 자유가 없는 일등국으로 꼽힌다.

경전과 칼의 국가

와합 원리주의를 알면 다른 원리주의는 알 필요가 없을 정도로 이슬람 원리주의의 모델이 된다. 첫째로, 와합주의는 종교가 정치화하여 종교적 파쇼주의 혹은 종교적 전체주의의 첫 모델이라고 할 수 있다. 독일인 국제 정치학자 스테픈 슈발츠는 『이슬람의 두 얼굴』에서 와합주의의 정치 시스템을 다음과 같이 혹평한다.

놀랍게도 와합파들은 다른 어떤 정치에서 볼 수 없는 자신들만의 독특한 파쇼주의의 모습을 드러내었다. 이들은 볼셰비키나 나치와 유사한 준군사적 정치 기구paramilitary political structures를 세워 엘리트들이 부를 독점하도록 하며, 극단적 억압에 의존하고 피 흘리기를 좋아한다. 보조수단으로 잔인한 비밀경찰과 언론검열, 엄격한 교육 통제, 소수자에 대한 인종청소를 자극하는 것이다(이것은 시아파를 억압하고 나아가서는 비와합주의자들과 기독교와 유대인들을 청소하는 것이다).3

와합주의는 사우디의 모든 다른 이슬람 종파마저도 무서운 이단으로 정죄하여 발을 못 붙이게 한다. 특히 시아파는 나쁜 신앙으로 몰아세우고 지하드를 수행해야 할 적으로 간주하거니와 학교에서 학생들에게 시아파를 미워하라고 가르친다고 한다. 이로 인하여 많은 시아파 무슬림들이 해외로 망명하여 자기 나라를 규탄한다.

둘째 와합주의는 반과학적이다. 미국이 달에 로켓을 쏘았을 때 이것을 보도하지 않은 나라는 사우디 뿐이다. 지구가 둥글다는 것을 거부하고 계속 평평하다는 것을 주장한 자는 이 나라에서 가장 존경받았던 장로 빈 바스이다. 신은 과학을 버린다고 가르친다. 따라서 압둘라아지즈 왕조차 자동차, 라디오 등 근대 과학문명을 도입하기 위하여 물라와 부족들을 설득하는데 일 년이 걸렸다고 술회하였다. 전화기도 왕궁에 도입하는 데 먼저 꾸란을 읽는 것으로 시작한다는 조건으로 설치하였다는 것이다.

셋째, 와합주의는 철학, 예술을 증오한다. 사우디에서는 미술전은 불가능하거니와 철학도 신중해야 한다. 이슬람 초기에 벌써 꾸란 해석에 지식을 활용하는 것을 이단시한 전통과 역사가 있었다고 한다. 이 전통에 따라 꾸란을 문자적으로 해석하는 것이 원리주의의 특징이다. 이 전통대로라면 하루 다섯 번 기도하지 않는 자는 배신자 취급을 당하게 되지만 실제로 중동의 많은 국가에서 5회 기도하는 사람은 적은 것 같다. 그러나 사우디는 엄격하다.

사우디는 형법이 철저히 샤리아에 기초하여 처벌이 무섭다. 그러나 왕은 이 법에서 제외된다. 사우디의 형법은 세 가지로 분류된다. 1)후두드 Hudud로 하나님이 정죄한 범죄, 2)타지르Tazir로 해당 당국자가 벌을 정하는 것, 3)퀴사스Quisas로 가해자에게 복수할 수 있는 권리이다.

특히 후두드는 도적질, 알콜(술), 이슬람 명예훼손, 음란과 간음이다. 도적질은 오른손을 절단한다. 그리고 윤리를 단속하는 종교경찰이 있다. 종교경찰의 이름이 거창하다. '덕 함양 및 악덕 방지 위원회(Commission for the Promotion of Virtue and Prevention of Vice, Haya or Commission으로 부름).' 이 기관 소속의 5천 명 요원들의 사명은 무겁다고 한다. 이들의 임무는 매일 다섯 번 기도 시간에 점포들이 문을 닫는지 감시하고 정중한 복장을 하는지, 공공장소에서 남녀가 엄격하게 자리를 구분하여 앉는지, 점이나 무당을 금하는지, 술과 마약을 판매하는지 감시하는 것이다. 동시에 최근에 발표되는 새로운 금지령을 실행해야 한다. 예를 들면 집 고양이나 개를 제다 같은 항구 도시에서도 팔 수 있는지, 이발사들이 서구식 머리를 깎는지 감시해야 한다. 서구식 이발은 두번째 거룩한 도시 메디나에서는 불신자들을 모방하는imitating unbelievers 행위로 금지된다. 그런데 최근 그들의 업무가 더 힘들어졌다. 한 언론이 이들의 잘못을 비방하는 글을 씀으로 여론의 압력에 직면하고 있다. 사우디 역사에서 처음으로 한 시민이 한 무타와(종교경찰)를 상대로 보상 청구 소송을 제기하는 일이 벌어졌다. 경찰이 백화점에서 여성이 내의를 입지 않았다고 그녀와 딸을 백화점 밖으로 강제 연행, 기사를 내리게 하고 경찰서로 연행하였다. 그런데 경찰이 운전을 난폭하게 해서 전주를 받고 행인을 다치게 하였다. 이로 인하여 한 언론이 종교경찰 폐지론을 들고 나오고 말았다. 2002년에는 한 여학교에서 경찰들이 여학생들의 복장이 문란하다고 문을 폐쇄하고 단속하다가 학생들이 도망가는 과정에서 14명이 사망하는 사건이 발생하기도 하였다. 실제로 이들은 근무 중에는 배지를 달고, 몽둥이는 들지 말고, 피의자는 일반 경찰에 넘기도록 훈련을 받았다고 한다. 그러나 '하야'의 존재는 두 가지 골치 아픈 문제 해결에 도움이 된다나? 높은 실업률(이유는 정규 종교경찰 외에도 비공식 요원들을 채용하기 때문)을 해소하고 종교를 연구하는 학생들을 많이 배출시키기 때문이라는 것이다.[4]

넷째, 와합주의는 노골적으로 기독교와 유대교를 미워할 것을 가르친다. 현대 와합주의의 해석자인 빈 바스는 꾸란과 순나에 의하면 기독교 신자와 유대교도들에 대하여 적대심을 표명하는 것이 모든 무슬림들의 의

무라고 강조한다. 와합주의의 넘버 투는 "마리아의 아들 예수가 십자가에 달렸다고 믿는 자는 꾸란을 거짓으로 만드는 것이다. 꾸란을 거짓으로 만드는 자는 배교자이다."라고 말한다. 와합주의는 기독교를 잘못된 무신앙으로 간주한다. 그래서 아라비아에는 절대로 기독교 예배 처소를 허용해서는 안 되며, 만약 있다면 파괴하라고 권면한다.

다섯째, 여성을 비하한다. 이슬람을 비판적으로 보는 사람들은 이슬람 천당에 여자가 있을까 의아해한다. 탈레반이 여성을 천대한 것은 와합주의에서 나온 것이다. 최근 사우디의 한 공주는 이슬람에서 여성해방을 호소하는 책을 냈다. 가명으로 출간했지만 사우디에서 여성을 학대하는 생생한 이야기이다. 내용은 자기 아버지는 아들만 사랑하고 딸인 자신을 냉대하였으며, 남편은 지성인이지만 네 여자를 거느리며, 남녀가 함께 간음을 하는데도 여자만 처형당하고 남자는 구제되며, 강간범의 경우도 도리어 강간당한 여성을 처벌하고 남자는 그냥 두는 모순 등, 이루 헤아릴 수 없이 많다.

그리고 사우디에서 여자는 증인이 될 수 없다는 법을 만들었는데, 네 가지 이유가 흥미롭다. 1)여자는 남자보다 감정적이어서 증거를 왜곡시킬 수 있다. 2)여자는 사회생활에 참여하지 않기 때문에 그들이 관찰한 것을 정확하게 이해하지 못할 수 있다. 3)여자는 하나님이 세운 더 우월한 남자의 지배를 받으므로 남자에게 말하면 된다. 4)여자는 기억을 잘 잊어버리기 때문에 증언의 신뢰성이 약하다.[5]

'종교적 식민주의' 국가 사우디아라비아

원리주의자들은 서구와 미국을 제국주의 혹은 식민주의로 신랄하게 비난한다. 그러나 사우디의 와합원리주의를 전 세계에 수출하는 것은 슈발츠의 표현을 빌리면 종교적 식민주의이다. 이 점에서 사우디는 이슬람 선교를 위하여 세워진 나라인지도 모른다. 세계 석유 자원의 25% 이상을 보유하고 있어 경제적 중심지가 된 지 오래이다. 특히 사우디는 석유에서 얻은 부를 전략적으로 이슬람 신앙 전파에 쓰고 있다. 그래서 런던과 알제리의 콘스탄틴, 그리고 홍콩에서 새로운 모스크와 이슬람 문화센터가 세워지고 있다. 그리고 가장 강력한 라디오 송출 방송이 '이슬람의 소리'라는 이름으로 사우디에서 이루어지고 있다. 세계에서 가장 큰 인쇄 공장이 사우디에 있는데 매년 세계의 여러 언어로 꾸란을 찍고 있다. 그리고 여러 종류의 국제회의가 사우디에서 열리는데 1974년 2월에는 메카에서 세계 무슬림연합회의가 열렸다. 사우디의 재정 후원으로 무슬림 정상회의가 이슬람 세계의 여러 도시, 즉 1969년에는 모로코의 라바트, 1971년에는 파키스탄 라호르에서 열렸다. 이렇게 이슬람 국가들은 다른 나라에서 온 갖 방법을 다 동원하여 선교하면서도 자기 나라는 다른 종교에 문빗장을 굳게 잠그고 심지어 박해한다.

사우디의 모든 조직은 선교와 관련되어 있다고 해도 과언은 아니다. 정치조직이면서도 선교조직의 대표적인 것을 들면, 1963년 메카에서 발족한 무슬림세계연맹Muslim World League이다. 이것은 중요한 무슬림의 종교 조직으로 무슬림 세계 통일을 위해 이슬람의 메시지를 전하는 것이 그 목적이다. 그리고 비무슬림 세계에 많은 사무실을 운영하며 선교와 무슬림 디아스포라를 위해 1975년에 세계무슬림선교회World Muslim Missionary Organization를 설립하기로 결정했다. 또 이슬람회의(OIC:Organization of Islamic Conference)라는 국제기구는 제다에 본부가 있다. 이 조직은 무슬림의 중요한 정치 기구로서, 57개 회원국 사이의 연대와 협력을 강화하는 것이 목적이다. 이 기구는 비이슬람 국가에서 이슬람 문화센터 운영을 도와주고 있다. 또한 사우디아라비아는 이슬람을 강화하기 위해 몇 가지 조치를 취했다. 첫째, 메디나에 이슬람대학을 설립했다. 이것은 근본적으로 선교가 목적이다. 둘째, 1967년 메카에 샤리아와 이슬람을 연구하는 학부를 설치했다. 셋째, 리야드에 1965년 샤리아법을 적용할 수 있는 연구소를 설립했다. 넷째, 1949년 메카에 이슬람 종교와 언어를 가르치는 선교사와 교사를 양성하는 샤리아 대학을 건립했다.

사우디에는 과거 수십만 명을 헤아리는 한국인 근로자가 있었다. 영국에 본부를 둔 기독교 선교단체인 WEC은 한때 사우디에서 일하는 한국인 근로자를 약 30만 명으로 추산한 적이 있다. 그 근로자들 중에서 이슬람으로 개종하면 월급 등 많은 특혜를 줌으로 상당수가 개종하였다.

사우디 정부가 지원하여 아시아, 아프리카, 미국, 유럽에 세워주는 모스크는 규모 면에서 우리의 상상을 초월한다. 이렇게 사우디 정부는 어떤 점에서 이슬람 선교를 위하여 세워진 나라이다. 한국에 건립된 이슬람 사원 역시 사우디 정부의 지원이다. 미국의 수많은 모스크와 이슬람 운동도 사우디의 지원을 받는다. 그럼에도 서방 기독교는 사우디에서 선교를 위해 단 1달러도 쓸 수 없다.

사우디는 테러리스트도 수출한다. 미국은 사우디 정부가 이라크 수상 누리 카말 알 말리키를 신뢰하지 않고, 도리어 사우디에서 매달 60~80명 이상의 수니파 테러분자들이 이라크로 가는 것을 막지 않고 방조한다고 불평한다. 심지어 사우디는 말리키는 이란의 꼭두각시라고 생각한다. 사우디는 이라크의 수니 그룹을 지원하고, 나아가서는 이웃 나라 아랍에미리트, 카타르, 쿠웨이트, 바레인, 오만에게 수니 지원을 독려한다. 이것은 미국의 이라크 안정 정책에는 역행하는 것이라고 미국 관계자들은 흥분한다. 동시에 시리아와 이란 역시 이라크의 시아파를 지원함으로 이라크의 평화를 방해한다. 사우디 출신 테러리스트들이 이라크에 오는 경로는 먼저 시리아에 버스로 도착, 시리아 안내자 도움으로 이라크에 밀입국한다. 다음 라마디 다리에서 자살 폭탄테러 교육을 받는다. 이라크의 자살 테러범 40%가 사우디인이라는 것이 미국 당국자들의 설명이다. 물론 다 자살테러범이 아니라 폭탄제조자, 암살자, 전략가, 금전 제공자들도 있다. 물론 사우디는 이들이 나중에 사우디로 귀국하여 사우디 정부를 향하여 테러행위를 할 것을 우려한다. 마치 1980년대 아프간 전사들이 한 것처럼. 그런데도 사우디 왕 압둘라는 미국의 이라크 침공을 불법적 외국의 정복으로 비난하였다. 사우디는 자신들이 수출하는 이슬람을 참 이슬람이라고 하지만 극단적인 원리주의 이슬람이기 때문에 우려하지 않을 수 없다.

특히 사우디는 미국에 이슬람을 심기 위해 엄청난 공을 들인다. 미국에 있는 모스크나 연구소, 이슬람 선교단체의 70%가 사우디 정부의 지원을 받는다. 미국 이슬람을 와합주의가 정복하는 셈이다. 이들의 목적은 전 미국을 이슬람화하는 것이라고 한다. 사우디의 어느 이슬람 지도자가 미국이 이슬람으로 개종하면 이슬람 테러의 위협은 사라질 것이라고 한 말은 의미심장한 협박이다.

돈은 많으나 자유가 없는 나라

사우디는 종교적 폐쇄주의 국가지만 '알라가 준 검은 황금과 누른 황금' 덕분에 경제가 부흥하여 큰소리치는 나라가 되었다. 알라의 축복을 받은 나라로. 그리고 사우드 왕가의 경제정책이 국민들의 불만을 잘 해소한다. 위기의 시대에 즉위한 고 파이잘 왕은 근대화 작업에 박차를 가했고 외교적으로는 아랍제국의 맹주로서 활동할 수 있었다. 파이잘은 기본법

제정, 사법 기관의 정비, 사회보장 제도 실현, 경제 개발 정책 등을 차근차
근 추진하며 1974년 10월 4차 중동 전쟁 때는 제 1차 석유 파동을 주도하
여 자신의 영향력을 전 세계에 과시하기도 했다. 파이잘의 공로는 산업화
로 대표되는 서구화와 이슬람의 전통을 지키고자 하는 국민들의 보수주
의 사이의 긴장을 완화시킨 것이다. 그는 늘 이슬람이 물질적인 진보와 양
립할 수 있다고 말했다. 그의 철학은 다음의 말에서 잘 나타난다.

우리의 종교는 우리에게 진보와 발전을 요구하면서 동시에 고귀한 전통과
관습의 짐을 인내할 것을 요구한다. 오늘날 세계에서 진보라고 불려지는 것,
사회, 정치, 인권의 향상을 요구하는 개혁자들의 요구들은 모두 이슬람 종교와
법률에서 구현될 수 있다.

1992년 3월 파드 국왕은 국민들이 국정 운영에 참여할 수 있도록 하는
정치 개혁안을 발표했는데 이는 이슬람법인 샤리아에 기초한 기본법 제
정, 지방 분권을 위한 행정 개혁 및 왕실 자문기관 성격의 협의 기구 마즐
리스 알슈라 신설 등을 주요 내용으로 하고 있다. 특히 마즐리스 알 슈라
는 최초로 국민들이 국가 정책 결정에 참여한다는 상징적인 것으로 그간
의 왕정 체계로서는 상당한 변화로 간주되었다. 정치 개혁도 어느 정도 단
행하여 국민들의 소리를 들을 수 있는 기구를 만들었다. 왕족의 핵심 구성
원들이 왕을 선출하여 울라마라고 불리는 이슬람교 지도층의 동의를 받
는다. 왕은 이슬람법, 즉 샤리아에 따라 통치하며 왕의 제반 결정 사항들
은 왕족, 울라마, 주요 부족의 지도자들, 군, 관료 집단 등의 지지를 받아
야 한다. 왕은 정책을 결정하고 관료 집단을 이끌어 나갈 내각을 임명한
다.

사우디는 현대화를 비교적 잘 추진하는 나라이다. 급속한 산업화로 많은 곳이 도시화되고 있다. 정부는 원활한 주택 공급을 위해 주택 마련을 위한 무이자 대출을 실시하고 있다. 농업에 종사하는 인구가 줄어들고 석유 화학에 관련된 일자리가 늘어났기 때문에 많은 사우디인들이 직업을 구하기 위해 도시로 몰려들고 있다. 그래서 리야드, 제다 같은 도시들은 급속히 성장하고 있다. 도시에서 대부분의 가정은 전자 제품, TV같은 현대식 도구를 갖추고 있다. 반면 집안에는 남녀가 있는 공간이 벽으로 구분되어 있다. 도시의 노동자들은 대부분 현대식 아파트에서 산다. 정부는 사막의 인구들을 정착시키기 위해 오아시스 주변에 주택을 건설하고 있다. 그러나 베두인족은 아직도 유목민의 삶을 살고 있다. 반면 부유층들은 맨션에서 산다. 대학생들은 거의 장학금을 받는다. 험한 일들은 대부분 외국 노동자를 고용한다. 필리핀 여성근로자들은 영어 때문에 인기 있는 가정부이다.

그러나 사우디에서 일하는 외국인 근로자들은 살기 힘들다고 한다. '종교적 율법주의 국가' 라서 기도시간에 길거리에 서 있으면 외국인도 사정없이 무타와의 채찍을 맞는다. 많은 외국인 가정부들이 남자 주인으로부터 강간과 폭행을 당한다. 슈퍼에 여자가 들어오면 직원 외 모든 남자들은 바깥으로 피해야 한다. 남녀가 절대 함께하지 못한다. 자유가 많은 한국이 훨씬 좋다고 한다. 사우디에서 살려면 파이잘이 말한 대로 '고귀한 전통과 관습의 짐을 인내할 자세' 가 되어야 할 것 같다.

호메이니의 원리주의: 원리주의 국가 이란

사우디 다음 강성 이슬람 원리주의 국가는 이란이다. 1979년 호메이니의 이슬람 혁명은 이슬람 부흥의 신호탄이 되며, 동시에 이슬람 원리주의 운동을 부추기는 서막이었다. 이슬람의 지하드 교리가 완전히 이데올로기적 모습을 띠고 과격한 행동으로 옮겨지는 신호탄이 되기도 했다. 그리고 이슬람 신정국가theocracy의 모델이 됐다. 팔레비 왕조의 실패는 불행하게도 과격 이슬람을 부르는 동기로 작용하였다.

팔레비 왕조의 레자 국왕(레자 샤라고도 하는데 Shah는 이란 왕의 존칭)은 페르시아의 영광을 재현하려는 욕심으로 이란의 정체성을 이슬람에서보다 옛 페르시아에서 찾으려고 하였다. 그리고 세속적 이슬람을 추구, 여성들에게서 차도르를 벗기고 서구문화를 과감하게 도입하였다. 물론 친미 정책을 폈다. 그의 이러한 정책을 백색혁명이라 부른다. 이것은 이슬람 세력의 저항을 자초하는 것이었다. 그러나 부정부패로 인하여 국민들의 신망을 잃고 만다. 이란 국민들은 도리어 이슬람 부흥에서 국가 재건과 사회개혁을 기대하였다. 그것이 추방당한 호메이니를 불러들였다.

호메이니와 이슬람 혁명

세계역사상 종교가 혁명을 일으킨 적은 없었다. 호메이니의 존재는 거의 신적인 것이었다. 파리 망명에서 귀국할 때나 사망 시에 보여준 이란 국민들의 감격과 애도는 과히 신에 바쳐지는 찬사와 감격이었다. 운집한 군중들로 인하여 공항에서 시내까지 귀국도 지체되었고, 1988년 장례식도 군중들로 인하여 연기될 정도였다. 그는 하늘에서 내려온 신으로 여겨졌고, 그의 사망도 하늘을 향한 '출발'로 묘사되어 마치 그가 직접 승천하는 듯한 그림이 자서전에도 있다. 이란 국민들은 그의 모습에 광적으로 흥분하였다. 그의 차를 운전한 기사는 신을 모신 것으로 감격했다. 여기에서 시아파는 최고 종교지도자를 거의 신격화하는 시아파의 전통을 볼 수 있다.

호메이니의 이슬람 혁명으로 이란의 정치적 정체성은 완전히 이슬람으로 바뀌어 이란 이슬람 공화국이 된다. 물론 대통령도, 국회도 있다. 그러나 최고 이슬람 지도자인 호메이니와, 지금은 하메이니가 모든 법령을 결재하는 자로, 이 두 사람에게는 아야톨라Ayatollah라는 최고의 칭호가 주어진다. 아야톨라는 신의 징표라는 뜻이다. 아야톨라는 사실상 알라의 대행자로 정치 위에 군림한다. 이란의 정치체제는 신정정치이기 때문에 장관들도 다 이슬람 성직자나 다름없는 이맘들이다. 호메이니는 다른 이슬람 지도자들보다 영적으로 더 탁월한 영감의 사람, 신비가로 묘사된다.

호메이니의 이슬람 혁명 철학은 종교와 정치의 결합이며, 민족주의를 거부하고 범이슬람 공동체인 움마를 강조한다. 신의 법이 정치와 법 위에 있는 신정정치이다. 다른 이슬람 원리주의와 마찬가지로 철저히 반미, 반서구, 반공산주의이다. 지하드를 선동하며, 이슬람이 여성을 해방하였다고 역설한다. 동시에 엄격한 이슬람적 청교도 윤리를 시민들에게 강요, 도덕경찰을 운영하였다.

그의 이슬람 사상은 상당한 배타적 이슬람 우월주의, 아니 시아파 우월주의이다. 이슬람은 최고의 문명이며, 이슬람에는 오직 하나의 신적 법이 존재한다. 이 신적 법이 정치, 사회, 모든 분야 위에 지배한다. "혁명적 학교이며 선지자의 참 이슬람인 시아파는 항상 독재자와 식민주의자들에게서 공격을 받아왔다."는 것이다.6

그는 노골적으로 지하드를 순교로 찬양하고 고무한다. 순교는 영원한 영광이며, 성자의 자랑이며, 행복의 열쇠이고, 승리의 비결이다. 미국에 대한 증오심도 너무 강하다. "만약 여러분들이 미국과 소련이라는 배반자들의 손에 의하여 이 땅에서 사라질 경우 우리는 영광스럽게 하나님을 만날 것이다. 이것은 오히려 동방의 붉은 군대의 붉은 깃발과 서방의 검은 군대 아래서 낭비하면서 사는 것보다 더 낫다." 이 말은 공산주의와 자본주의를 철저히 배격하고 시아 이슬람을 대안 이데올로기로 암시하는 것이다. 민족주의는 인종, 언어, 지역의 우월감을 표시하는 것으로 거부한다. 그는 이란 이전에 이슬람이 먼저라고 강조한다.

그의 대이스라엘관은 중동 사태의 미래를 짐작하게 한다. 테러국가로 미국이 시온주의 운동의 이스라엘을 지원함으로 온 세계에 불을 지른다. 이스라엘은 침략자이며 약탈자이다. 이스라엘의 건국은 무슬림들에게는 재난이요 이슬람 정부들에게는 하나의 폭탄이라는 것이다. 그는 라마단 금식 기간 마지막 금요일은 쿠츠의 날The Quds Day로 정하여 적들의 손에 있는 쿠츠를 위하여 데모도 하고 기도할 것을 제안한다(쿠츠란 예루살렘을 의미한다;쿠드스로도 발음한다). 그리고 이스라엘을 완전히 없애기 위하여 성전을 촉구한다. 현 이란 아흐마디네자드 대통령이 이스라엘은 지도상에서 없어져야 할 나라라고 말한 것과 유사하다. 이란은 지금도 이스라엘을 국가로 인정하지 않고 시온주의자라고 말한다.

호메이니는 신정 체제를 위하여 혁명 수비대를 창설하였다. 페르시아어로 '파스다란' 이라고 불리는 혁명수비대는 12만 5천명의 병력을 소유하며, 해외 전담부대로 알 쿠츠라는 특수부대를 운영한다. 이 부대는 단순한 군사조직을 넘어 이란의 모든 분야를 실제로 장악하는 무서운 정치 세력으로 부상하였다. 혁명수비대의 산하 부대인 알 쿠츠는 해외에 테러리스트와 무기를 수출한다. 알 쿠츠Al quds는 레바논의 헤즈볼라, 이라크의 시아파 게릴라, 아프간의 탈레반, 팔레스타인의 하마스 등을 지원한다. 혁명수비대가 무서운 것은 이란이 미국이나 서방의 침략을 받으면 이들 국가들을 공격하기 위하여 수만 명의 자살특공대를 보유하고 있다는 사실이다.7

호메이니 혁명사상은 사우디의 와합주의와 유사하게 이슬람 원리주의가 모든 정치의 근본 원리가 된다. 호메이는 강력한 이슬람 정부를 외치면서 종교지도자가 최고 통수권자가 되어야 한다는 것을 역설한다. 이유는 무함마드가 최고 정치 지도자로 꾸란을 전하고 해석하고 집행하는 힘을 가진 것처럼, 현대 이슬람 국가도 그러한 힘을 가지고 국가가 바로 이슬람의 원리를 시행하는 집행자가 되어야 한다는 것이다. 즉 정부가 이슬람의 도구가 되는 것이다. 여기서 종교가 정치 위에 군림한다. 이슬람이 아닌 모든 권력과 정부는 무신론자나 불경건한kufr자들의 제도이다. 그의 등식은 경건한 무슬림 정치가는 거룩하여 부정이나 불의가 없고 불경건한 자들의 정치는 부패하다는 것이다. 특히 독재자와 식민주의는 부패의 상징인데, 독재자는 팔레비 국왕을, 식민주의자는 미국을 가리킨다.[8]

호메이니의 이슬람 혁명은 이란 국민들에게 생활의 혁명을 강요한다. 레자 샤 왕이 벗긴 차도르가 돌아오고, 남자들도 반소매는 안 되며 여자들의 진한 화장도 불법이다. 하지만 도덕경찰morality police이 국민들의 풍기 단속을 너무 엄하게 하여 국민들로 하여금 이슬람 혁명에 거부반응을 일으키게 한다. 머리에 스카프를 안 쓰거나 엉덩이를 가리는 수수한 외투인 '망토'를 안 입은 여성들을 잡아간다. 술을 팔지도 먹지도 못하게 하며, 결혼하지 않은 남녀가 데이트를 하거나 성행위를 하는 것을 모두 범죄로 여긴다. 그래서 청년들은 21세기에 도덕경찰에 의해 감시당하고 산다는 게 웃기는 일이라고 노골적으로 빈정댄다. 이란의 젊은이들은 미국 정부는 싫지만 미국이라는 개방된 나라와 미국인들을 좋아한다고 한다. 율법주의가 한편에서는 조롱당하고 있다. 술을 팔지도 먹지도 못하게 하고, 미혼 남녀의 데이트가 법적으로 금지된 나라이지만 연하남과 동거와 미혼모를 꿈꾼다. 이러한 현상을 청년들은 '고양이와 쥐의 게임'이라 빈정

댄다.

몸을 드러내지 못하는 '거룩한 나라'에서 청년들을 달래기 위하여 2006년 여름 패션쇼가 열렸다. 그러나 언론은 혁명 방지용 패션쇼로 본다. 열흘 동안 계속된 이 행사는 서구 스타일 확산에 맞서 이슬람 패션의 최신 경향을 선보일 의도로 계획되었다. 모델들의 몸을 감싼 불투명한 겉옷과 바닥에 끌리는 차도르는 신체노출을 최대한 억제하였다. 이슬람도 얼마든지 멋진 옷이 가능하다는 것을 과시하기 위한 전시회였다. 목적은 동요하는 이란의 젊은층을 잠재우기 위한 강경론자들의 대단한 시도였다. 이전 패션쇼는 가정에서 비밀리에 행하였다. 그런데 이번 패션쇼는 정부가 허락한 문화행사였다. 정부는 국민의 자유를 억압하는 올가미를 약간 늦추지 않으면 혁명이 일어날 것으로 우려한다. 이 점에서 혁명 이전의 파리와 같다.

이슬람 혁명에서 여성관 역시 전형적 원리주의 모델임에도 불구하고 우리를 혼란스럽게 하는 것은, 이슬람과 호메이니가 '여성해방자'라고 하는 주장이다. 호메이니 말하기를 이슬람 이전의 시대나 팔레비 왕조 시대는 여성을 억압하였으나 이슬람과 이슬람 혁명은 여성에게도 남성과 동등한 지위를 부여하였다는 것이다. "이슬람은 여자의 손을 잡아 남자 옆에 두었다. 그리고 남자로 하여금 보호하게 하였다. 무함마드 선지자가 오기 전에 여자들은 의미 없는 존재였다. 그러나 이슬람이 여자에게 권력을 주었다."9

혁명 이후 이란

그러나 현실은 정반대라는 사실이 드러난다. 1990년대 중반 아자르 나피시라는 여성 문학교수가 서양 문학을 가르친다고 감시 대상이 되어 결국 교수직을 사직하고 이란을 떠나고 말았다. 그녀가 쓴 『테헤란의 로리타 이야기』는 혁명 후 여성을 학대하는 생생한 이야기를 들려준다. 여학생들은 수업이 늦더라도 계단을 뛰어서는 안 되고 넓은 홀에서 여학생이 큰 소리로 떠드는 것, 사람들이 보는 데서 남성과 대화하는 것, 핸드백에 브러쉬를 소지하는 것도 위법이다. 학교 정문에서 여자 수위가 학생들 소지품과 복장을 통제한다.[10]

그러나 이러한 강압적 분위기는 청년층과 인텔리층으로부터 저항을 받고 있다. 아흐마디네자드가 테헤란 대학에서 연설할 때 학생들이 "독재자에게 죽음을"이라고 외치면서 초상화까지 불태웠다. 50명 가량의 학생들은 국영 TV 카메라를 부수고 폭죽을 터뜨렸다. 다른 다수 학생들은 대통령을 지지한다고 외쳤다. 이에 그는 "억압이 있다고 주장하는 소수파야말로 다수파에게 내 말을 듣지 못하도록 억압한다."고 응수하면서 "금일 세계에서 가장 무서운 독재자는 인권이라는 옷을 입은 미국의 독재자 정권"이라고 하였다. 이란대학에서는 개혁파나 보수파를 막론하고 반정부 발언의 교수나 학생들은 축출한다. 유력한 개혁신문도 폐간시켰다. 언론 통제가 심해진다. 청년들은 이미 호메이니의 원리주의에 싫증을 느낀다. 꼼이라는 도시는 시아파의 본산지이다. 아이러니한 사실은 이슬람의 부활을 외친 호메이니가 도리어 이슬람을 붕괴시키는 데 기여한다고 빈축을 산다. 이유는 너무 과격하기 때문에 민심이 떠난다는 것이다.

이슬람 원리주의는 기독교를 박해하는데, 이란도 예외는 아니다. 호메이니 혁명 이후 기독교 박해는 대단하였다. 종교 박해의 일환으로 비무슬림 상점은 자신의 종교를 알리는 간판 부착을 의무화하며 종교 신분증명서 소지를 의무화하였다. 기독교인들은 이란어인 파르시Farsi어로 예배도 못 드리게 하였다. 이슬람 극단주의자들은 이란 내의 약 1만 명의 기독교 신자를 처형하라고 요구하기도 하였다. 이란의 기독교 지도자 하이크 호브스피안 메르Haik Hovespian Mehr는 이란의 종교 자유를 위하여 투쟁한 인물인데, 1995년 칼에 찔려 살해되었다. 그는 이란 하나님의 성회 총회장이요, 이란 복음주의 목회자회 회장이기도 하였다.

핵무기 문제로 미국과 힘겨루기를 하는 이란이 드디어 세계를 향하여 소리치는 영어 방송국을 개국하였다. 현재 이란에서 위성방송 수신 안테나 설치는 불법이다. 그런데 사실 페르시아어 보이스 오브 아메리카Voice of America는 물론 페르시아어 선교방송마저 이란의 안방까지 들어온다. 많은 사람들이 파라볼라 위성 안테나를 통해 외부 문화를 시청하여 세속화가 급속도로 진행되고 있다. 미국의 이란 이민자들이 운영하는 선교방송을 통하여 많은 이란인들이 기독교로 개종한다고 한다. 그래서 이란 경찰은 대대적 단속에 나서고 있다. 이슬람 국가들도 자기들 안방만은 단속하지 못한다. 이란에도 변화의 바람이 불고 있다. 2007년 이란 지방선거에서 처음으로 여성이 테헤란 시의회에서 당선되었다. 국회, 지방의회 등에 264명 중 44명이 여성이다.

빈 라덴과 알 카에다

이슬람 원리주의 집단 가운데 가장 무섭고 전 세계적인 위협이 되는 집단은 빈 라덴과 알 카에다이다. 그러나 이슬람 세계에서 빈 라덴은 중동판 "체 게바라"이다. 반면 서방세계에서는 빨리 사라져야 할 악의 존재이다. 그는 9.11테러는 물론 전 세계의 알 카에다 두목으로 테러를 배후조종하고 있다. 최근 이라크의 자살폭탄 테러도 알 카에다가 개입되고 있다. 9.11테러는 다음과 같은 내용으로 청년들을 선동하였다.

"우리는 불경건한 세계를 상대로 전쟁을 한다. 우리의 적은 미국, 영국, 이스라엘이 주도하는 십자군 동맹이다. 테러리즘은 권장할 만하면서도 비난받을 일이다. 그러나 우리가 하는 테러는 독재와 침략자들과 알라의 적들을 대상으로 하기 때문에 권장할 만한 일이다. 알라를 위하여 죽는 것은 나라의 엘리트들이 행할 수 있는 가장 명예로운 일이다. 우리는 살기를 원하는 만큼 알라신을 위하여 죽는 것도 좋아한다. 우리는 무서워 할 것이 없다."

그러면 오사마 빈 라덴이라는 인물은 누구인가? 아랍어로 그의 이름은 우사마 빈 라덴이다. 즉 라덴가家의 사자라는 뜻이다. 그의 아버지가 사우디로 이민 갈 때는 가난하였지만, 아버지가 제다에서 짐꾼으로 부지런히 일하다가 건축업에 손을 대어 왕궁 공사와 메카의 사원 공사로 순식간에 큰 부자가 되었다. 라덴은 대학에 다닐 때 이슬람 원리주의 단체인 무슬림 형제단의 한 학자의 영향을 받아 이 단체에 가입하였다. 22세 때 아프가니스탄이 소련의 침공을 받자 의용병으로 아프간 전쟁에 참여하면서 반이슬람 세계를 적으로 간주하는 과격성을 띠게 되었다고 본다. 그때부터 원리주의에 기초한 테러단을 조직하고 자금을 제공하였다. 그가 지원하는 알 카에다는 미국이 타도하려는 대상이다. 알은 관사 'The'에 해당하고 카에다란 영어로 '기지base'를 의미한다. 그는 이미 1만 1천 명의 테러리스트들을 훈련시켜 전 세계에 흩었거니와, 전투적 무슬림들에게는 영웅적이고도 신화적 존재인 것은 이슬람을 위한 과격한 비전과 영웅적 행동 때문이다. 그는 미국을 수없이 괴롭힌 테러 행위에 대한 보복으로 무려 40여 차례에 걸쳐 죽을 고비를 넘겼다. 즉 미국 정보부에 의한 수많은 암살과 폭격에서도 기적적으로 살아남았다.

지금도 빈 라덴은 아프간이나 파키스탄에 숨어있을 정도로 탈레반과

밀착되어 있다. 탈레반 정권 시절 미국이 빈 라덴을 인도하라고 독촉했음에도 탈레반은 단호히 거부하였다. "사막의 세계에서는 손님을 극진히 대접해야 하고, 손님을 추방하는 것은 엄청난 배신행위로서 무서운 처벌의 대상이 되기 때문이다." 탈레반과 빈 라덴은 뗄 수 없는 관계이다. 그러나 반드시 100% 좋은 결합은 아니다. 이유는 빈 라덴을 호위하는 그룹은 탈레반이 아닌 아랍인들이기 때문이다.

그러면 빈 라덴이 미국을 그토록 증오하는 근본적 원인은 무엇인가? 미국의 이슬람 전문가 릭 러브Rick Love는 다음 6가지 원인을 열거한다.

첫째, 무슬림들은 기독교처럼 세속적 근대화를 거부한다. 근대화는 물질주의, 음란, 많은 이혼율을 초래한다. 그래서 무슬림들은 서구를 큰 사탄이라고 묘사한다.

둘째, 미국이 전 세계의 많은 무슬림들을 죽이는 원흉이다. 팔레스타인 충돌에서 미국은 이스라엘 편을 들어 무슬림들을 죽인다.

셋째, 언론을 통하여 반미감정을 가진다. 이슬람의 언론매체는 서구의 나쁜 것만 보도하는 경향이 있는데, 무슬림들은 이들 언론매체를 통해 영향을 받는다. 반면 서구인들은 무슬림들을 부정적으로 보도한다.

넷째, 무슬림들은 자기들이 세계에서 지배적인 운명을 가진다고 보았다. 즉 가장 번영하고 승리하는 국가라고 생각하였다. 그런데 오히려 현실은 정반대이다. 정치, 경제, 기술, 미디어 및 도덕적 능력이 서구의 손에 있다는 데 대한 좌절감을 가진다.

다섯째, 사우디에 불경건한 자들이 있다는 그 자체가 알라신에 대한 모독이다.

여섯째, 미국이 초강대국인 데 대하여 분노한다.

빈 라덴은 사실 예멘 출신인데, 아버지의 이민으로 사우디 국적을 가지고 있다. 그럼에도 사우디를 이슬람 국가 중에서 가장 거룩한 나라로 여긴다. 그는 철저히 이슬람 세계를 경건한 세계로 비이슬람을 불경건한 세계로 보는 이분법적 도그마에 사로잡혀, '세속적이고도 이교도적'인 미국이 사우디에 군인을 파견한 것과 사우디 정부가 이것을 방조하는 데 대하여 격분한다. 그는 외치기를 "7년 이상 미국은 땅 중에서도 가장 거룩한 사우디를 점령하여 부를 착취하며 사우디 지배자를 억압하고 사우디 백성들을 모욕하였으며 이웃 국가들을 위협하고 나아가서는 아라비아 반도를 이웃 이슬람 국가와 싸우기 위한 교두보를 삼는다."고 하였다.[11]

알 카에다에 떠는 세계

아프간 전쟁에서 미국과 가장 강경하게 대항하는 적수는 알 카에다이다. 빈 라덴과 이 조직의 제2인자로 알려진 이집트 출신의 아이만 알 자와하리가 조직한 것으로, 자와하리는 의사이면서 명석한 두뇌를 가진 엘리트이다. 알 카에다 조직은 중동, 아프리카, 아시아의 말레이시아, 인도네시아, 필리핀 및 유럽 등 전 세계적으로 퍼져 있어서 미국은 알 카에다 조직을 일망타진하려고 하나 결코 단순하지 않다. 심지어 싱가포르에 있는 말레이인 중에서 알 카에다 조직원이 있어서 싱가포르 정부는 말레이인들을 차별대우하여 말레이 싱가포르 시민들로부터 강력한 항의를 받고 있다. 빈 라덴은 국적없는 알 카에다 요원들을 아프간으로 데려와서 그 나라를 한동안 알 카에다의 본거지로 삼았다.

아이러니하게도 알 카에다는 세계화의 물결을 거부하고 지방문화와 이슬람 문화의 고수를 고집하면서도 국제화를 최대한 이용한다. 즉 이들은 조직, 훈련, 자금을 위한 아지트를 오히려 유럽에 두고 있다는 사실이다. 특히 아프간의 알 카에다 본거지가 다 파괴되면서 가장 위험한 알 카에다 테러리스트들은 이슬람 국가에 있지 않고 유럽 도시로 이동하였다. 특히 네덜란드가 알 카에다 활동의 중심지가 되었다. 이러한 방법으로 알 카에다는 유럽을 중심으로 세계적 조직망을 형성하고 있다.

알 카에다 이론은 이집트의 이슬람 원리주의 집단인 무슬림 형제단 Muslim Brotherhood에 뿌리를 두고 있다. 이 집단의 멤버들은 경건한 이상주의자들이었다. 그러나 이들은 자신들의 목적 달성을 위해서는 폭력도 행사해야 한다는 것을 주장하였다. 그래서 이들은 1960년대 이집트 정부로부터 불법단체로 선언되자 테러를 정당화하였다. 바로 이 멤버의 한 사람이 사우디에서 라덴에게 영향을 주었다.

알 카에다는 지금 이라크의 시아파와 수니파의 내전을 더 부채질하여 엄청난 테러행위를 자행한다. 여기서 알 카에다는 서방 정복만이 이들의 목표가 아니라 다른 무슬림도 제거해야 한다는 와합주의의 이념이 그대로 실현하고 있음을 알 수 있다. 만약 미국이 이라크를 철수하면 피바다가 될 것이라는 말은 설득력있는 예언이 되고 있다. 슈발츠가 지적한 대로 와합파가 피 흘리기를 좋아한다는 것이 이라크에서 증명되고 있다. 사우디의 테러리스트들이 이것을 그대로 행동화하고 있다.

탈레반

종교는 한 나라를 흥하게도 하고 망하게도 한다. 이슬람 국가 중에서 이슬람으로 가장 실패한 나라로 아프간을 든다. 수년 전 영국의 한 저널리스트는 "인간적 용어로 말하면 아프간은 세계에서 가장 가난하고 가장 비극적인 나라 중의 하나이다."라고 하였다. 그 비극은 외부의 침입이나 영향 때문이 아니라 인종적, 정치적 갈등 및 종교가 빚은 비극이라고 결론 내린다. 이 비극을 만든 주체 중의 하나로 탈레반을 꼽지 않을 수 없다. 탈레반 통치시절 아프간의 비극적 상황은 2002년 초 KBS 다큐멘터리에서도 잠시 소개되었지만 『칸다하르』라는 영화가 아프간의 생생하게 말해준다. 탈레반의 사회 통치의 극단적 단면을 잘 묘사한다. 탈레반은 처음에는 해방군으로 국민들의 기대를 모았으나 무서운 포악자로 돌변하고 말았다. 그래서 빈 라덴과 알 카에다의 무대가 된 아프간을 미국이 침공하여 탈레반 정권을 무너뜨렸으나 탈레반은 다시 아프간을 재탈환하려고 완강하게 미군과 동맹군에 대항한다. 지금은 신 탈레반으로 모습을 바꾸어 적극적으로 인질극을 벌인다. 현대 아프간은 이슬람 원리주의로 실패한 국가의 모델이다.

이슬람 원리주의로 실패한 모델: 아프간

이슬람 원리주의를 국가적 차원에서 실천한 나라는 사우디, 이란, 아프간이다. 그러나 아프간은 원리주의로 인하여 가장 실패한 나라가 되고 말았다. 앞에서도 말했듯이 영국의 저널리스트 "아완스는 아프간은 세계에서 가장 가난하고 가장 비극적인 나라 중의 하나"라고 하였다.[12] 그리고 그 비극은 외부의 침입이나 외부적 영향 때문이 아니라 엄밀히 인종적 갈등과 정치적 갈등 및 종교가 빚은 비극이라고 결론 내린다. 아프간의 비극은 프랑스에 망명한 아프간 작가 아티크 라히미가 쓴 『흙과 재』에 잘 묘사되었다. 그는 "아프간 사람은 멸망했다. 그의 정신은 공산주의자들에 의해서, 육신은 종교에 의해서, 그리고 이슬람 문화에 의해서 황폐해졌다. 불행히도 멸망하고 말았다. 처음엔 아프간의 공산주의자들이 소련에 의해 배신을 당했다. 그러자 이 배신 앞에서 민족주의자들, 애국자들, 그리고 일부 지식인들까지도 이에 대한 반응으로 또 다른 테러로 빠져들었다.

종교적 테러 말이다."라고 탄식했다. 이 소설에 나오는 주인공 청년은 폭격으로 귀가 멀어 다른 사람들의 말을 알아듣지 못한다. 그런데도 오히려 다른 사람들이 말을 할 줄 모르는 것으로 착각한다. 사실 아프간에는 귀먹은 사람들이 너무나 많다. 800만 개의 지뢰를 제거하였으나 아직 불안하다. 너무도 가난한데 일거리가 없어, 청년들은 월 200달러 주는 탈레반에 가입한다. 탈레반이 부활하지 않을 수 없는 상황이다.

아프간은 200년 동안 전쟁으로 철저히 파괴된 나라이다. 소련 침공과 내전으로 거의 100만 명이 목숨을 잃었고 200만 명의 부상자와 약 700만 명의 피난민을 발생시켰다. 피난민 중 650만 정도는 이란, 파키스탄 등 국외로 탈출하여 난민촌 등에서 살아가고 있다. 동과 서를 잇는 『문명의 십자로』라는 전략적 중요성으로 인하여 더 외침이 많았던 나라이다. 키플링의 '동은 동이고 서는 서'라는 유명한 격언은 아프간을 두고 한 말이라고 한다.

아프간은 인종과 언어와 문화의 모자이크 국가이다. 인구는 2천 6백만 명에 80여 개(혹은 60개로도 말함)의 부족들로 형성된 부족국가, 부족들 간의 갈등과 치열한 대립, 여기에다가 군벌들이 있다. 주류 인종은 이란계의 파슈툰으로, 이들 역시 40여 종의 소수민족으로 나누어진다. 이들은 전체 인구의 약 38%를 차지하고 파슈툰 언어를 사용한다. 파슈툰은 '파슈툰 와레이(파슈툰 정신)'라는 독특한 도덕, 관습에 자부심이 아주 강하다. 다음으로 타지크가 25%이고 하자라가 19%, 우즈베크가 6%이고 다른 소수부족이 12%나 된다. 파슈툰 부족은 파키스탄 등 일부 주변국가에도 있는데, 전체 인구는 2천 3백만이다. 전 국왕 무함마드 자히르 샤(86세)는 이 부족 출신이다. 그는 모든 부족들이 함께 일어나 탈레반을 축출하라고 독려하였다. 파슈툰 중에서 탈레반이 많은 것은 파슈툰 부족이 강성이기 때문이라고 한다. 아프간의 이슬람은 수니파가 84%이며 시아파가 15%이다. 주요 언어는 파슈툰어와 다리어이다.

아프간의 비극은 다인종의 이슬람 국가로 이슬람이 부족 통합에 실패했다는 사실이다. 비교종교학에서 종교의 기능은 사회통합의 기능을 중시한다. 그러나 아프간에서 이것은 통하지 않는 소리이다.

이슬람 국가에서 자유는 더 무서운 혼란을 가져온다는 것은 이라크 사태가 잘 보여준다. 이슬람이면서도 다른 이슬람을 못 봐주는 나쁜 전통이 있는데, 아프간도 예외가 아니다. 근대적 국가가 어려운 것은 부족주의가 우선하고 경찰의 힘보다 마을 원로의 입김이 더 세다. 슈라라는 국회가 있으나 지르가라는 부족장들의 모임이 더 힘을 발휘한다. 서구적 정부와 정치 형태가 정착하기 어렵다는 데 문제가 있다.

한심스러운 사실은 아프간의 정치 지도자들이 국민의 신망을 얻지 못하고 있는 것이다. 이슬람의 문화는 외국인들이 자기 땅에 발을 들여놓는 것을 거부한다. 그럼에도 아프간 국민들은 미국과 나토국가의 연합군을 더 신뢰한다는 것이다. 이유는 지도자들은 가난한 백성들과 달리 귀족 생활을 즐기며 부정부패하기 때문이다. 외국의 막대한 원조가 깨끗하게 사용된다는 보장이 없다. 현 지도자들은 수십 년의 전쟁동안 외국으로 피난 갔다가 다시 돌아와서 백성들의 고통을 모른다. 탈레반에서 해방되었을 때 미국과 유엔이 강제로 새 정부 구성을 위한 회의를 열지 않았더라면 이들 지도자들은 절대로 같이 자리를 하지 않았을 것이라는 것이다. 그러면서도 국민들은 전 왕인 자히르 샤 왕은 신뢰한다. 지난 달 샤 왕이 세상을 떠났다.

탈레반 정권이 붕괴되고 난 후에 재미있는 뉴스거리가 있었다. 아프간의 미 대사관은 무려 12년 동안 폐쇄돼 있었다. 그럼에도 불구하고 일부 아프간 사람들이 미 대사관을 끝까지 지켜주었다고 한다. 심지어 한 수위장은 공산정권이 통치하는 동안에 미국 간첩혐의로 구속되는 고통을 겪고 석방된 후 다시 빈 대사관을 지켰다. 그런데, 이들이 빈 대사관을 지킨 것은 미국에 대한 충성심 때문이 아니라 미국 정부가 매달 지불하는 100달러의 월급 때문이었다. 아프간 사람들은 자기들이 일하는 일터가 바로 고향이라는 생각 때문에 대사관을 굳게 지켰다는 것이다.

아프간은 아편으로 유명한 나라인데, 과거 아편을 종교적으로 금지한 탈레반이 도리어 지금은 아편 생산을 적극 장려하여 유엔을 난처하게 한다. 유엔은 아프간에 아편 대체 농작물 지원을 위하여 6억 달러를 책정하였다. 아프간 정부의 통제지역은 생산 증가가 둔화되었으나 탈레반 점령 지구는 엄청나게 증가하는데, 속수무책이다. 설상가상으로 만성적 부정부패가 아편증가를 부채질한다는 것이다. 유엔은 교육, 금지법 설명 강화, 대체농작물을 설득하지만 아편 농사가 일반 농사의 10배를 넘는다고 한다. 일부 단체는 아편농장에 약 뿌리는 것을 제안하는데, 이것은 도리어 농민들을 탈레반으로 돌아서게 하는 것이라고 영국군대와 아프간 정부는 이것을 극력 반대한다. 탈레반은 아편이 중요한 수입원이라 북부 지역의 탈레반 지역에는 아편을 히로인으로 바꾸는 실험장이 30개에서 50개로 증가하였다. 아프간이 생산하는 마약은 전 세계 마약의 92%인데, 이것은 미얀마, 모로코, 콜롬비아가 생산하는 생산량을 훨씬 능가한다.[13]

탈레반 이후 아프간은 불안하다. 나토군이 주축이 된 3만 2천명의 동맹군이 있으나 탈레반의 도전에 고전을 면치 못하고 있다. 탈레반이 다시 부활하고 있다. 부시-카르자이의 회담도 아프간의 미래에 희망을 주지 못하고 있다. 여기에 아프간을 복잡하게 만드는 것은 이웃 나라이다. 이란은 탈레반을 계속 지원한다. 무샤라프의 파키스탄 정권 역시 탈레반의 후견인 노릇을 한다. 파키스탄은 인도를 견제하는 데 탈레반이 필요하다. 금번 인질 사태로 왜 한국교회가 아프간을 도와야 하느냐고 볼멘소리를 하는데 국제정치도 동일한 상황이라고 본다. 과연 자기들 스스로를 돕지 못하는 아프간에 해외 원조와 젊은이들의 피가 열매를 맺을지. 그 동안 아프간에서 죽은 나토 군인들과 미군은 무려 660여명이다. 그 중에 멋진 크리스천 병사 윤 병장도 포함되었다.

아프간의 미래는 아프간 군대가 스스로 탈레반을 제압할 수 있느냐 하는 것과 아프간의 재건 능력이다. 그러나 외국 언론들은 다 부정적이다. 현재 아프간 군대는 3만 7천명으로 내년에는 7만 명으로 증원을 계획하고 현재 모병은 비교적 원만하지만 어려움이 많다는 것이다. 먼저 탈레반은 아프간 병사들을 더 표적으로 삼는다고 한다. 이유는 이슬람의 배신자인 불경건자로 취급하고 또 훈련이 되지 않아 죽이기가 쉽다는 것이다. 아프간 군인들은 월급이 100달러 밖에 되지 않아 3년 임기를 마치고 재계약을 하지 않으려고 한다는 것이다. 이들은 불평이 많다. 음식도 집에서 주는 것보다 못하다는 것이다.[14]

8월 27일자 아사히신문에 의하면 한국인 인질 석방대가로 10만 불을 요구하였다고 하는데, 아프간 사람 경우는 인질 값이 첫 번째는 30만 아프카니(약630만원)이었고 2차 경우 60만 아프카니를 요구하였다고 한다. 그러나 이 두 경우도 아프간 정부는 전혀 관여하지 않았다고 한다.

한 러시아 정치학자가 아프간의 미래를 정확하게 진단한다. 아프간의 미래는 미국이나 나토 동맹들에 달린 것이 아니라 이웃 나라인 파키스탄과 우즈베키스탄 등 중앙 아시아에 달려있다고. 이유인 즉, 파키스탄은 파슈툰족을 통하여 아프간을 자기 영향권에 두려고 하고, 반면, 우즈베키스탄 등 중앙 아시아 국가들은 북부지방의 우즈베키 종족을 통하여 아프간에 영향권을 행사하려고 하기 때문이다. 아프간은 결국 과거의 험난한 역사가 그러하였던 것처럼, 앞으로도 샌드위치의 나라에 불과하다는 것 이다.[15]

탈레반의 기원

서방세계는 혼란한 아프간을 탈레반이 장악하였을 때만 하여도 탈레 반을 무서운 집단으로 인식하지 못하였다. 아프간이 소련과 싸울 때 미국 은 탈레반을 음양으로 많이 지원하였다. 그러나 아프간을 장악하고 세계 최대의 바미안 불상을 파괴하자 온 세계가 탈레반의 무서움을 인식하기 시작하였다. 이 불상은 높이가 무려 55미터나 되는, 유엔이 지정한 세계 적인 문화유산이다. 신라의 승려로서 불교 연구를 위하여 이곳을 여행하 였던 혜초는 『왕오천축국전』에서 바미안 불상을 언급하였다고 한다. 애틀 랜틱 만슬리*Atlantic Monthly*의 통신원 카프란은 탈레반을 다음과 같이 설 명한다.

탈레반은 다음의 무시무시한 것들을 통합한 것이다. 원시적인 부족의 신조 와 맹렬한 종교적 이데올로기와 천박한 무능과 순진성과 외부세계에서 고립됨 으로 야기된 완고한 잔인성과 전쟁 중에 부모없이 자란 고아들의 결합이다. 그 들은 동시에 국제화의 표본이며 수입된 범이슬람 이데올로기와 오사마 빈 라 덴의 전 세계적 테러조직이 제공하는 경제적 지원과 수억 달러의 밀수산업의 결과이다.[16]

탈레반이란 말은 아랍어 타라브, 배우다에서 파생된 것으로 엄밀히 말 하면 학생이고, 탈레반은 문법적으로 복수형이다. 알 카에다와 다른 주요한 특징은 철저히 아프간의 주류 인종인 파슈툰족들로만 구성된 수니파라는 점이다. 이것은 세계적 움마를 말하는 이슬람과는 배치된다. 이들은 아프간 전쟁 중에 고아들이었으나 파키스탄에 피난민으로 있을 때 파키스탄 정부는 이들을 이슬람 학교인 마드라사에 대량 유치, 엄격한 이슬람 교육을 시켰다. 이 학교는 등록금을 받지 않기 때문에 돈 없는 사람들이 갈 수 있는 유일한 교육장이며 순수한 이슬람을 가르치는 곳으로, 알제리, 탄자니아, 필리핀 등지에서도 학생들이 유학 올 정도이다. 파키스탄의 1만 3천 마드라사 중에 특히 아코라 카탁Akora Khattak의 한 학교인 다룰 우룸 하카니아Darul Uloom Haqqania가 가장 유명하다. 아프간의 상당수 장관들, 주지사, 판사들이 이 학교 출신이다. 이들 이슬람 학교가 이슬람 원리주의자들을 양성한다고 무샤라프 대통령조차도 비난하지만 증거가 없을 정도로 상당수 학교들이 은밀한 교육을 하는 모양이다. 이들 학교를 졸업한 많은 외국 학생들과 파키스탄 학생들은 알 카에다 조직원이 된다. 최근 파키스탄은 붉은 모스크 유혈사태 이후 이슬람 원리주의와의 대립이 심하여 파키스탄에서 종교적 극단주의를 뿌리 뽑겠다고 말하는데, 이것은 바로 이들 학교를 겨냥한 것이다.

마드라사가 가르치는 내용은 꾸란, 무함마드의 어록, 이슬람법, 아라비아어와 아라비아 문학이다. 그러나 정부는 이슬람만을 가르치지 말고 수학, 일반과학, 영어, 컴퓨터, 인터넷 등을 가르치라고 권장한다. 그런데 일부 학교는 기독교와 유대교를 적으로 가르치면서 두 종교에 대해서도 소개한다. 이 학교들은 자기 학생들이 졸업 후에 좋은 직장을 얻기보다 이슬람을 위하여 봉사하고 심판 날에 보상받기를 바란다는 것이다. 이 학교가 그야말로 철저한 무슬림을 만드는 경건한 이슬람 학교인 것은 한 학생의 간증에서 잘 나타난다. 국립학교에서 공부한 25세의 무함마드 조베이트라는 학생은 다음과 같이 말한다. "내가 국립학교에서 공부할 때는 이슬람에 대한 헌신이나 경건이 전혀 없었지만 이 학교에서 공부하면서 선지가 무함마드에 가까워지는 것을 느꼈다. 그래서 나는 온 세계를 여행하면서 이슬람을 전파하겠다."[17]

탈레반의 공포정치

탈레반은 초기에는 마치 해방군인 양 국민들의 찬사와 지지를 받았으나 무서운 공포정치를 실시하였다. 그래서 사우디와 파키스탄만 탈레반 정권을 인정하였다. 탈레반은 당시 불안한 치안을 유지하고 파벌들의 내전을 진압하는 데 부분적으로 성공, 남부에서는 백성들의 지지를 얻었다. 탈레반이 아프간 국민들에게 해방군으로 기대와 인기를 모은 직접적인 사건은 칸다하르에서 무자헤딘 병사들이 세 여자를 강간하는 일이 일어난 것이었다. 이에 탈레반 지도자 오마르는 탈레반을 모집하여 이들을 색출하여 처형했다.

그러나 북쪽의 타지크, 우즈베크 부족의 북부동맹은 탈레반과는 적대관계를 형성한다. 탈레반이 어떻게, 그리고 왜 시작되었는지를 탈레반 대변인 아흐메드Mullah Wakil Ahmed는 다음과 같이 설명한다.

1992년 무자헤딘 정권이 들어서면서 아프간 사람들은 이제 평화가 올 것이라고 생각하였다. 그러나 지도자들은 카불에서 권력 싸움을 벌였다. 어떤 지도자들은 특히 카불에서 군사깡패를 조직하여 서로 싸우기도 하였다. 부패와 절도가 만연하였고, 도로를 봉쇄하였다(주: 아시아 많은 나라에서는 마을 청년들이 동네입구에서 통행료를 징수한다). 여자들은 피습과 약탈을 당하고 심지어 살해되기도 했다. 이러한 일들이 일어나자 이슬람 학교에서 공부한 학생들이 일어나서 칸다하르 지방 사람들의 고통을 덜어주기 위하여 부패한 지도자들과 맞섰다. 우리들은 칸다하르를 점령하기 전에 여러 지방을 통제할 수 있었고 그래서 이전의 지도자들은 도망가고 말았다.[18]

탈레반이 가혹한 종교적 율법주의를 실행한 이유 중의 하나는 카불을 자유로운 퇴폐적 도시로 간주하였기 때문이다. 카불은 소련군이 점령한 기간에 세속주의 물결이 들어와서 타락하였다는 것이 이들의 관점이다. 그럼에도 탈레반은 교육을 받지 못한 가난한 대중들에게 자신들의 비전을 가르쳤다. 탈레반은 샤리아를 엄격하게 집행하기를 원하였다. 그러나 탈레반의 지도 노선은 혼선이 일어났다. 카불의 탈레반들과 칸다하르의 지도자들 간에는 샤리아 적용이 일치하지 않았다. 하지만 분명한 것은 이들은 이슬람 세계에서 유례없는 엄격한 이슬람적 청교도 윤리를 실시하려고 한 것이다. 탈레반은 나치나 소련의 KGB같은 비밀경찰인 종교경찰 조직을 가동하여 철저히 정보정치를 하였다. 사우디의 무타와 같은 것이다. 그런데 여성에 대한 처벌이 더 가혹하였다고 당시에 취재한 일본 기자가 전한다.[19]

탈레반은 조직적인 정부조직을 가지지 않음에 따라 대통령이나 수반이 없고, 대신 무함마드 오마르(Mullah Muhammad Omar: 물라는 실제로 이슬람 선생을 의미함)를 최고의 자리에 앉힌다. 정부는 오마르가 동의하지 않은 것는 어떠한 결정도 할 수 없다. 이란의 호메이니와 유사한 제도이다. 뉴스위크지 기자는 아프간 전쟁이 끝난 후 오마르의 운전수 카리 샤에브와 기자회견을 가졌다. 그가 밝힌 오마르는 다음과 같다.[20]

먼저 그는 아프간의 하층 사람으로 교육을 받지 못하였고 글씨도 난필이다. 그러면서도 고집이 센 사람이다. 먼저 미국 폭격이 시작되었을 때 그의 참모들은 안전한 곳으로 피할 것을 권면하였으나 전혀 무시하고 도리어 "부시가 내 앞에 나타나도 나는 결코 떠나지 않을 것"이라고 호언하였다. 미군 폭격이 그의 본부를 목표로 삼자 진흙으로 더럽혀진 차를 타고 어디론가 사라지고 말았다. 생활은 비교적 검소하여 자기 집에는 서구식 화장실을 전통식으로 개조하였고 네 명의 부인들을 위한 방도 한 사람만 잘 수 있을 정도이다. 그런데 네 번째 부인을 위하여는 특별하게 꾸몄다. 일반적으로 알고 있는 빈 라덴의 딸이 그의 처라는 말은 거짓말이고, 오히려 라덴의 딸을 거부하였다고 한다.

이상은 그의 운전기사가 증언한 오마르인데, 흥미로운 사실은 자신은 오마르의 운전기사일 뿐이지 탈레반이 되기를 원하지 않았다는 것이다.

오마르는 엄격한 이슬람법을 강요한 종교지도자이다. 애꾸눈으로 언론에는 항상 괴물 같은 모습으로 나타났다. 그의 추종자들은 동성연애자들을 생매장하였고 세계 최대의 불상도 파괴하도록 지시하였다. 음악을 금지하면서도 탈레반 선전용 CD에는 음악을 허락하는 모순을 범한다. 그러나 그는 결국 오사마 빈 라덴의 앞잡이에 불과하다. 반면 탈레반들이 백성들을 잘 대하는지를 직접 체크할 정도로 철저한 면도 있었다.

탈레반이 아프간을 통치하였을 때 행정과 정치원리는 흥미롭다. 먼저 탈레반은 선거제도를 허용하지 않았는데, 이유는 샤리아는 선거를 거부한다는 것이었다. 하지만 어떤 결정이 요구될 때는 유명한 학자들과 협의한다. 탈레반은 마을에서는 장로들과 유명 인사들로 구성된 지르가jirgas를 조직, 어떤 문제를 협의하고 결정한다. 카르자이와 부시의 회담 이후 지르가 모임을 가졌지만 많이 모이지 않은 것 같다. 탈레반의 모든 이념과 행동강령은 와합주의, 리비아 혁명군 및 이란 혁명의 차용이지만 아프간

문화가 각색되었다. 지나친 여성 학대는 이슬람의 전통이라기보다는 파슈툰의 여성 천시 문화가 혼합되었다는 것이다.

하지만 이들이 자행하는 종교적 공포정치의 실태는 너무나 끔찍하다. 타종교에 대하여 지나치게 배타적이며, 선교사를 추방하고 감금한 것은 세계가 다 아는 사실이고, 기독교 선교를 하는 자국민은 사형에 처하거니와 일부 크리스천들을 불도저로 밀어서 죽이고 혼전 섹스를 하다가 잡힌 여자는 공개처형하고 포로는 눈을 도려내고 손목을 자르는 등 잔학한 방법으로 참살한다. 이들은 음악, TV, 영화를 금지하며, 턱수염 면도 금지, 사진 촬영 금지(이슬람에서 촬영은 신중해야 한다), 연 날리기와 오후 스포츠 금지, 절도는 손목 절단, 음주는 채찍형이다. 여자가 외출할 때는 부르카를 입어야 하는 것은 말할 필요도 없다.

그러나 이제 아프간 사람들이 탈레반을 싫어하는 조짐이 보이자 최근 사회봉사 등으로 방향을 일부 선회하며 심지어 구 탈레반이 철저히 거부하였던 매스미디어도 잘 활용한다. 그래서 이들을 신 탈레반이라고 한다.

탈레반의 여성 정책

탈레반 원리주의에서 가장 공포감을 느끼게 하는 것은 외국 언론들이 앞 다투어 보도하였지만 여성차별이다. 탈레반이 집권하면서 네 가지 중요한 정책을 선포하였다. 첫째는 여자들의 직장근무를 다 중지시켰고, 둘째는 여자들의 교육을 일시 중단하였고, 셋째는 여자들은 반드시 부르카를 착용해야 하고 외출 시는 남자의 허락을 받아야 한다. 넷째는 여자들은 외출 시 남편이나 친척이 반드시 동행해야 한다. 다만 여자가 일할 수 있는 영역은 여자들이 꼭 있어야 하는 인도적인 외국 자선단체이다. 탈레반 정부에는 미덕 권장 및 부덕 방지 위원회the Department for Promotion of

Virtue and the Prevention of Vice가 있다. 여자들의 취업을 금지함으로 가족을 부양해야 하는 과부들이나 처녀들은 심각한 경제난에 허덕이게 되었다. 그래서 파키스탄으로 피난간 난민들은 만약 자기 딸들이 고국으로 돌아가서 교육의 기회를 갖지 못하고 직장이 허용되지 않으면 고향으로 돌아가지 않겠다고 불만을 토로하였다.

한마디로 탈레반은 여자를 거의 사람으로 취급하지 않을 정도로 여성의 인권을 탄압하였다. 탈레반은 집권하자마자 먼저 여자들을 직장에서 추방하여 가정에 감금시키며 모든 여학교들은 폐쇄하였고 대학에서도 여학생들은 공부를 중지시켰다. 만약 여자들이 거리에서 법에 따른 복장을 하지 않으면 종교경찰이 매로 사정없이 때렸다고 한다. 헤라트에서는 여자들이 혼자서 쇼핑을 하다가 종교경찰에 엄청나게 맞는 일이 일어났다. 그럼에도 영화 『칸다하르』에서 보면 여자들은 얼굴이 전혀 보이지 않는 부르카를 착용하고도 손톱에는 매니큐어, 입술에는 립스틱을 발랐다.

탈레반의 이러한 정책은 이전의 무자헤딘 정권과는 사뭇 다른 것이다. 무자헤딘 정권은 결코 여자들에게 부르카를 강요하지 않았는데, 이 전통은 여자들이 몸을 완전히 덮지 않고 얼굴만을 가리는 다른 이슬람 나라와 동일한 것이었다. 아프간에서도 과거에는 도시에서만 부르카가 의무였다. 심지어 1950년대와 60년대에는 여성들이 몸에 부르카를 착용하지 않은 채 항공사나 방송국에서 공무원으로 일한 적이 있었다. 그러나 부르카는 값이 싼 것이 아니어서 가난한 사람들은 착용할 수 없었다. 흥미로운 사실은 아프간의 부르카 천은 주로 한국에서 수출품이다.

탈레반의 엄격한 여성차별은 간음하다가 현장에서 붙잡힌 여자는 돌로 공개 처형하는 제도이다. 탈레반 정권이 붕괴된 후에는 이러한 공개 처형이 없어졌다고 생각하였으나 새 정부도 이 법은 그대로 존속시켰다. 카르자이 정부가 들어서자 서방의 한 외신 기자가 "이 법은 그대로 유지 하느냐"고 질문하자, 젊은 법무부 장관은 "그것은 샤리아이기 때문에 없애지 못한다. 대신 과거에는 큰 돌을 던지게 하였으나 앞으로는 작은 돌을 던지도록 하겠다."고 답변했다. 참으로 어이없는, 현대 사회에서 상상을 초월한 형벌이다.

그러면 탈레반의 이러한 엄격한 여성 정책은 어디에서 온 것인가? 탈레반의 여성 정책에 대한 아이디어는 파키스탄의 이슬람 이론가 압둘 알라 마우디디의 영향이다. 그는 여자는 외출할 때 완전히 몸을 가리고 남자와 여자는 떨어져야 한다는 것을 강조하였다.

탈레반은 엄격한 청교도 윤리를 지키고 강요하는 것 같으나, 실제로는 여자들의 인권을 학대하고 있음은 탈레반과 알 카에다의 여자들에 대한 성폭행에서 나타난다. 전쟁 중 많은 여자들은 외국인 알 카에다 병사들이나 탈레반 군인들과 강제로 결혼 해야만 했고, 종전 후에는 다시 과부가 되는 신세가 되었다. 외신의 보도에 의하면 탈레반이 집권하는 동안 이들은 타지크, 우즈베크, 하자라 등지에서 여자들을 납치하여 탈레반 군인과 알 카에다와 강제로 결혼하도록 하였으며, 파키스탄 등지에 노예로 팔아 넘기기도 하였다. 아프간의 쇼말리 포도운 마을에서는 무려 600명의 여자들이 행방불명되었다. 돈 많은 빈 라덴의 아랍 알 카에다는 1만 달러의 돈으로 아프간 십대 소녀를 사기도 하였다.[21] 탈레반의 여성 차별적 정책에 대항하여 아프간 여성해방운동이 아프간 지식인 여성들을 중심으로 전개되고 있다. 그러나 아프간 남자들의 냉소와 비판을 받고 있다.

탈레반이 지금 남부 지방에서 살아나서 인질극을 벌이는데, 이것은 신 탈레반의 모습으로 전략 수정을 한 것으로 보인다. 구 탈레반은 사진, 비디오, CD를 전부 거부하였지만, 신 탈레반은 이것을 최대한 이용한다. 그리고 전략도 '한 손에는 공포, 또 다른 한 손에는 위무' 하는 두 얼굴의 선전술을 사용한다. 그런데 여성 차별은 변하지 않고 그대로 강요하고 있다. 최근에는 전단지를 통하여 아프간 전체를 협박한다. 밤에 뿌려진 전단지 내용 일부를 소개하면 이렇다.

"아프간 이슬람 국가"

모든 교사들, 회사에 나가 일하는 자들에게 보내는 경고다. 이미 한 차례 경고했다. 하던 일을 그만두라. 사흘의 시한을 주겠다. 결과는 너 스스로에게 책임이 있다.

"이슬람의 형제들"

이단자들 돕는 자들은 더 이상 무슬림이 아니다. 스스로 이단자다. 말로도, 돈으로도, 행동으로도 절대 그들을 돕지 마라. 명예와 용기를 권력과 달러에 팔지 마라.

"위대한 신의 이름으로"

기독교와 유대인들의 전통 문화를 버려라. 딸들을 학교에 보내지 마라. 그러지 않으면 이슬람의 전사들이 백주대낮에 무자비한 공격을 할 것이다.

"포고령"

1. 꼭두각시 정부를 위해 일하는 모든 사람은 하던 일을 중단하라.

2. 정부 차량을 이용하지 마라.

3. 정부 차량이 폭발해도 근처에 가지 마라.

4. 여성과 소녀들은 학교에 가지 마라.

5. 이슬람인들은 비정부기구에서 일하지 마라.

이상의 내용은 국제인권단체 휴먼라이트 워치Human right watch가 수집한 내용이다.

무슬림 형제단

무슬림 형제단(Muslim Brotherhood: 약칭으로 MB라고도 한다)은 1930년대에 하산 알 반나(Hasan al-Banna 1906-1949)에 의해 이집트에서 시작되었다. 알 반나는 원래 학교 교사로서 지적인 사람이었다. 그러나 당시 이집트가 서구문명을 도입하고 서구적 정치 시스템을 도입하는 데 대하여 위기감을 느끼고 철저히 반서구 운동을 전개하면서 한편으로는 이슬람으로의 복귀를 외쳤다. 그는 '서양의 도'와 '이슬람의 도'라는 이분법적 등식을 세우고, 서양의 도인 자유주의와 공산주의는 다 물질주의로 정죄한다. 그는 자본주의를 탐욕과 독재로, 공산주의는 유물주의로 해석한다. 물론 자본주의는 퇴폐와 타락의 문화이고 이슬람은 경건한 문화이다. 그래서 이슬람의 도는 서양의 도에 대치될 수 있는 위대한 이념이자 종교로 확신한다. 그는 이슬람이 사회에 정착하기 위하여 교육, 출판, 농촌운동, 복지운동 등을 전개하여 많은 추종자를 얻는다. 그를 추종하는 정회원이 50만 명, 단순 추종자 역시 50만 명이나 될 정도로 이 운동은 이집트 전역으로 요원의 불길처럼 번진다.

당시 무슬림 형제단이 대중의 엄청난 인기를 얻는 배경에는 이슬람의 성직자에 해당하는 이맘들이나 이슬람 학자 그룹인 물라가 정부의 녹을 얻어먹음으로 백성들의 존경을 얻지 못하였다는 데에도 있다. 이 점에서 무슬림 형제단은 기독교식으로 말하면 철저한 평신도 운동이다.

이렇게 무슬림 형제단은 1940년대와 50년대에 엄청난 추종자들을 기반으로 이집트 전역에 테러를 확산시켰다. 대통령 가말 나쎄르Gamal Nasser의 세속적 민족주의에 대한 반발로 생겨난 이 급진 원리주의 집단은 이슬람적 민족주의 형태를 취하였다. 1960년대까지 무슬림 형제단은 나쎄르와 팽팽하게 적대관계를 유지하였다. 심지어 이 단체의 몇몇 지도자들은 나쎄르 정권을 전복하려고 하였다. 그래서 나쎄르는 이 집단의 지도자들을 투옥시켰으며 반나는 암살당한다.

그러자 지도자 압드 알—살람 파라즈Abd Al-Salam Faraj는 모든 무슬림들에게 지하드를 호소하였다. 그는 꾸란과 하디스는 근본적으로 전쟁에 관한 책이라고 합리화했다. 파라즈는 이슬람법(샤리아)이 가르치는 도덕적 의무에서 이탈하는 자는 누구든지 지하드의 대상으로 간주하였다. 즉 지하드의 대상이 무슬림 공동체 밖에만 있는 것이 아니라 안에도 있다는 것을 의미한다. 무슬림 공동체내의 배교자들도 타도해야 할 적인 셈이다.

이 그룹에서 잘 알려진 인사 중 다른 한 사람은 사이드 쿠틉이였다. 그는 농촌 출신으로 어릴 때부터 꾸란을 암송하였고 대학을 졸업한 후에는 교육부 공무원이었으나 정부의 대영 굴욕 외교에 저항감을 느끼고 공무원을 사직한다. 그러나 그는 공무원으로 재직하면서 미국에서 공부를 하던 중 미국 사회의 인종편견, 성적 자유, 친 이스라엘 정책에 환멸을 느끼고 반미주의자로 돌아선다. 그리고 공무원을 사임하고 무슬림 형제단에 입단하여 이 운동의 언론 편집장이 되고 선전부도 담당한다. 그는 반나처럼 서구의 자본주의나 공산주의는 실패한 이데올로기이므로 이슬람이 이에 대한 대안적 이데올로기가 되어야 하기 때문에 이집트는 이슬람으로 복귀해야 한다고 역설하였다. 서양문명은 육체와 영혼, 정신과 물질, 교회와 국가라는 이분법인데, 이러한 가치관은 결국 파멸하고 만다는 것이다. 그러나 이슬람 가치관은 인간세계를 하나의 유기적 통일체로 본다. 그는 결국 정부 전복에 가담한 죄로 두 번이나 투옥되었다가 처형당하여 순교자가 된다.[22]

1970년대에는 좀 더 급진적인 단체들이 이집트의 정치 무대에 등장하였는데, 대표적인 것이 '군사 아카데미Military Academy'였다. 이 이름은 1974년 이 학교를 공격한 데서 유래한 것이다. 다른 단체는 1977년에 종교 장관Minister of Religious Foundations을 납치하여 암살한 사건으로 두각을 나타낸 무슬림협회The Society of Muslims였다. 이들 두 단체들은 무슬림들을 진짜 무슬림과 명목상의 무슬림으로 구별할 것을 외치며, 동시에 두 단체는 메시야 사상을 가르친다. 즉 이 세상은 꾸란에 근거하여서만 완벽한 상태에 이르게 될 것이라고 믿는다. 그러나 두 단체들 사이에 차이가 있다. 무슬림협회Society of Muslims는 자신들의 그룹 밖의 모든 사람들은 이교도infidels들이라고 선언하는 반면 군사학교Military Academy는 그들 단체 외의 통치자들rulers만 이교도들이라고 선언한다.

자마트 이 이슬라미(이슬람협회)

이 집단은 파키스탄이 인도로부터 독립할 때 마우두디Abu al-Ala al-Mawdudi에 의하여 시작된 운동이다. 그는 서구의 무서운 힘이 이슬람을 파괴하는 것으로 생각하는 강한 피해의식을 가졌으며 동시에 인도에서 반영운동을 전개하는 힌두교 민족주의의 등장에 불안을 느꼈다. 서구와 힌두교는 공히 무슬림 공동체의 언어, 부족, 인종이라는 아이덴티티를 송두리째 삼켜버리고 만다는 불안감이 그를 사로잡았다.

그리고 그는 특히 민족주의도 이슬람에의 도전으로 보았다. 따라서 이슬람이 하나의 종교와 문화로 생존하기 위해서는 전 세계의 모든 무슬림들이 함께 힘을 모아 세속주의와 투쟁해야 한다고 제창한다. 그는 무슬림들이 식민지 세력에 대항하여 혁명을 일으키는 것은 단순한 권리가 아니라 의무라면서 이슬람 해방신학을 제안하였다. 무함마드가 당시의 무지와 야만에 성전聖戰을 벌인 것과 같이 전 세계의 모든 무슬림들은 우주적 지하드에 참여할 것을 독려하였다. 마우두디는 서구를 '무지(jahiliya: 여기서 무지란 고의적으로 알라를 거부하는 불신앙과 같은 것이다)'로 간주하며 지하드가 이슬람의 가장 중심 교리라고 믿는다. 즉 마우두디에게 지하드는 이슬람의 다섯 기둥에 맞먹는 중요 교리인 셈이다.

그러나 그는 무식한 개혁자나 부흥운동가가 아니라 서구를 이해하면서도 서구를 배격한 지성인으로서 근대 이슬람 부흥운동을 주도한 이슬람 개혁자이다. 그의 이데올로기는 이슬람 원리주의에 지대한 영향을 끼친다.[23]

팔레스타인의 원리주의 집단

팔레스타인에서 가장 극력한 원리주의는 레바논에 있는 이슬람 원리주의 단체 헤즈볼라로서, 이란에서 자금과 후원을 받으며, 의회에서 12의석을 차지하는 데 성공했다. 이 단체는 영토 문제를 둘러싸고 유태인 원리주의자들과 대항해 계속 싸우고 있다.

하마스the Islamic Resistance Movement라는 원리주의 집단은 역시 이스라엘이 가자와 웨스트 뱅크(서안)를 점령한 데 항의하여 일어난 단체로, 단일 리더가 없이 몇 개의 운동들이 연합한 팔레스타인의 지하 운동이다. 이 단체는 이스라엘의 통치하에 있는 영토들에서 활동하고 있는 극단적 원리주의 이슬람 단체이다. 그들은 1988년 8월 18일에 이슬람 저항 운동의 조약covenant을 발표했다. 하마스의 목표로 "이슬람 저항운동은 두드러진 팔레스타인 운동이다. 그들은 알라에게 충성을 서약하고, 그들의 삶은 철저한 복종이다. 그들은 알라의 기치를 팔레스타인의 구석구석에 드높이기 위해 싸운다. 그들은 이스라엘 국가의 파멸을 알리고 이스라엘이 다른 나라들을 전멸시켰듯이 이슬람이 이스라엘의 씨를 말릴 때까지 존재를 지속시킬 것이다.”라고 선언하는 데서 알 수 있듯이 한층 더 공격적인 성향을 지닌 군사 단체이다. 하마스는 납치, 살해, 그리고 가공할 테러들에 가담하여 왔다.

하마스 외에 레바논에는 이란과 시리아가 지원하는 헤즈볼라(신의 정당)라는 집단이 있다. 이들이 2006년 이스라엘-레바논 전쟁에서 이스라엘을 이겨 세계를 놀라게 하였다. 이스라엘은 처음으로 아랍과의 전쟁에서 진 셈이다. 헤즈볼라의 지도자 나스랄라(신의 승리)는 시리아에서 거의 영웅 대접을 받는다. 그러나 헤즈볼라 역시 한 택시기사에 의하면 레바논 국민들의 40%의 지지만 받아 어려운 상황에 처하고 있다.

구원전선

알제리에서는 1992년 이슬람 원리주의자들이 총선거에서 놀랍게도 승리하였다. 그러자 군부가 일어나서 선거결과를 파기하고 말았다. 이에 전투적인 원리주의자들은 군부의 불법적인 등장을 인내할 수 없어 이슬람구원전선(Islam Salvation Front)을 조직, 강력한 반정부 투쟁을 전개하였다. 그러나 알제리의 내전은 수많은 민간인의 목숨을 빼앗아 갔다.

이슬람구원전선은 군인들과 싸운다는 명분으로 민간인까지도 집단학살을 자행하였다. 그해 8월에는 과격한 폭동이 일어나 300명이 사망했고, 9월말까지 2개월 사이에 600명이 넘는 사망자가 발생한 것으로 전해졌다. 1992년 이래 알제리 폭력사태로 인한 사망자는 6만 명을 넘어섰고, 그들

대부분이 여성과 어린이를 포함한 민간인이었다.

영국의 원리주의 집단

원리주의 그룹은 유럽에도 있다. 유럽으로 이민 온 무슬림들은 기독교 국가에 살고 일하면서도 기독교로 개종하기는 커녕 더 이슬람을 고수한다. 많은 청년들은 도리어 반서구 감정으로 무장하여 자기 조상들이 식민주의의 피해자라는 것에 보복의 감정을 키운다. 이러한 상황에서 이슬람은 사랑보다는 증오를 유발시키는 교육이나 설교를 한다. 대표적인 것이 영국의 히즈 타흐릴Hizb ut Tahrir이다. 이 조직은 2007년 8월 런던에서 수천 명이 모인 가운데 집회를 가졌는데, 의사인 지도자 압둘 와히드는 "이라크에 파병하는 거짓말하는 사람을 증오한다. 나는 고문의 증오를 설교한다."고 외쳤다.[24] 이 단체는 칼리프 복귀, 이스라엘의 종언, 중동에서 모든 서구인들의 철수를 외친다. 그래서 영국에서는 이 단체를 불법으로 규정해야 한다는 소리가 높아지고 있다. 이 단체는 이집트, 파키스탄, 사우디에서는 불법이다. 2003년 독일에서는 증오와 폭력을 조장한다는 이유로 불법 단체가 되었다. 이 단체는 철저한 점조직이며 대학가를 중심으로 하고 회원수를 밝히지 않는다.

| 미 주 |

1. 이 주제에 대하여는 Michael State Doran, "The Saudi Paradox," *Foreign Affairs*, January/Faebruary, 2004:35-51.을 참조할 것.

2. アントワーヌ・バスブース『サウジアラビア：中東の鍵を握る王國』51-52.

3. Stephen Schwartz, *The Two Facets of Islam: Saudi Fundamentalism and Its Role in Terrorism* (New York: A Division of Random House, 2003), 115.

4. "Vicious about virtue: The religious police may need policing," *The Economists*, June 23rd-29th, 2007: 51-52.

5. Jean Sasson, *Princess: The True Story of Life Inside Saudi Arabia's Royal Family* (London: Bantam Books, 2004), 284-285.

6. Hamid Ansari, *The Narrative of Awakening: A Look at Imam Khomeini's Ideal, Scientific and Political Biography* (Tehran: The Institute for Compilation and Publication of the Works of Imam Khomini, n.d.), 259.

7. 이장훈, "이란혁명수비대는 이슬람의 마피아", [주간조선] 2007년 9월3일자, 38-42.

8. 호메이니의 이슬람 혁명에 대한 중요연설과 사상은 *Islam and Revolution: Writings and Declarations of Imam Khomeini* (Berkerley: Mizan Press, n.d.)을 참조할 것.

9. *Die Frau aus der Sicht Imam Khominis* (Tehran: Institution zur Koordination und Publikation der Werke Imam Khominis, 2001), 62.

10. Azar Nafisi, *Reading Lolita in Tehran* (London: Fourth Estate, 2003), 10ff.

11. Fouad Ajami, The Sentry's Solitude," *Foreign Affairs*, November/December 2001: 7.

12. Martin Ewans, *Afghanistan: A New History* (Richmond, Britain: Curzon Press, 2001), 191.

13. Aryn Baker, "Taking Aim at the Taliban," *Time*, August 27, 2007: 24-25

14. David Rohde, "Taliban Raise Poppy Production to a Record Again," *The New York Times*, August 26, 2007: internet.

15. Vyacheslav Belokrenitsky, "Islamic Radicalism in Central Aisa: The Influence of Pakistan and Afghanistan," in *Central Asia at the End of the Transition*, ed., by Boris Rumer, (New York: M. E, Shark, 2005), 183.

16. Robert D. Kaplan, *Soldiers of God: With Islamic Warriors in Afghanistan and Pakistan* (New York: Vintage Books, 2001), 237-238.

17. Hamaza Hedawi, "Resentment of U. S. remains strong in Pakistan," *The Korea Herald*, Tuesday, March 19, 2002: 9.

18. Peter Marsden, *The Taliban: War, religion and the new order in Afghanistan*
    (Karachi: Oxford University Press, 1992), 60-61.

19. 佐藤和孝『アフガニスタンの悲劇』(角川書店, 2001), 44이하를 참조할 것.

20. *Newsweek*, Jan. 21, 2002.

21. Tim McGirk, "Lifting the Weil On Sex Slavery," *TIME*, February 18, 2002: 31).

22. 이 두 사람에 대하여는 中村廣治郎,『イスラムと近代』(岩波書店, 1997), 132-
    154를 참조할 것

23. ジョン. L. エスボズイト『イスラ-ムの威脅: 神話か現實』內藤正典. 宇佐美久美
    子 監譯 (明石書店, 1997), 217-220.

24. *The New York Times*, August 7th, 2007.

제 7 장 _이슬람 원리주의 비판

극단적 그룹인 이슬람 원리주의자들과 전쟁을 벌이고 있는 부시는 알 카에다나 탈레반 같은 원리주의 집단을 완전히 제거한다는 목적으로 막대한 군비와 군사를 투입하지만 결코 간단하지 않다. 파키스탄에는 탈레반 전사를 양성하는 이슬람 학교인 마드라사가 무려 1만 3천개나 된다. 이들의 상당수 학교는 꾸란과 총 쏘는 법을 가르친다. 즉 테러를 위한 교육이다. 교육 내용 역시 폐쇄적이어서 하루 10시간 이상 꾸란을 암송시킨다고 한다. 바깥세계와 고의로 차단시키는 것이다. 파키스탄은 이 점에서 탈레반의 못자리판 역할을 한다. 그리고 전 세계적으로 자폭 테러를 하려고 준비된 사람이 수천 명을 넘을 것으로 추산한다. 특히 사우디가 지하디스트를 가장 많이 배출한다는 사실은 무엇을 의미하는가?

폭력을 정당화하는 우주적 전쟁 개념의 이슬람 원리주의에게 이미 테러는 정해진 코스에 불과하다. 그들의 세계관은 철저히 이원론적으로, 세계를 선과 악의 투쟁으로 본다. 마르크스주의의 정반합 이론처럼 역사는 투쟁을 통하여 이상에 도달한다고 본다. 이슬람은 선이고 비이슬람은 악이기 때문에 악과의 전쟁에는 어떠한 수단이나 방법도 다 정당화된다. 사람을 죽이는 것도 우주 전쟁에서는 성전이 된다는 논리이다. 신의 이름으로 자행되는 테러가 쉽게 끝나지 않을 것은, 클린턴이 말한 대로 알라신을 위하여 죽을 준비가 된 청년들이 있고 자금이 있고 조직이 있으며 정보를 가지고 있기 때문이다.

현대 이슬람이 과격한 종교라는 인상을 주는 이유는 대중적 이슬람이 과격한 군사적 종교집단인 정치화된 이슬람을 철저히 대중으로부터 격리시키지 못하고 오히려 이슬람 국가의 대중들은 도리어 이들을 영웅으로 혹은 순교자로 찬양하기 때문이다. 전 세계의 많은 무슬림들은 그들을 찬양하면서도 테러는 이슬람이 아니라고 말한다. 이슬람 세계의 모순을 드러낸다.

이슬람 원리주의는 서구화, 근대화, 세속화에 대한 반항운동이 주를 이루기 때문에 순수한 종교운동으로 볼 수 없고 오히려 정치, 사회운동이다. 이슬람 원리주의는 이슬람을 이데올로기화하는 점에서 이슬람 파쇼주의라는 무서운 명칭이 부여된다. 이데올로기로서 이슬람 원리주의는 반서구, 반근대화, 반무신론을 제창하지만 운동방법은 바로 공산주의의 폭력을 모방하는 점에서 무서운 면을 드러낸다. 이것은 마치 1970년대 남미의 해방신학이 폭력을 정당화한 것과 유사하다. 이 점에서 폭력주의는 지구상에서 사라진 것이 아니라 도리어 더 증가하고 있다. 2007년 8월 17일 뉴스에서 알 카에다가 이라크 북부의 한 마을의 주민 500여명을 살상하였다는 보도를 접한다. 종교가 다르다는 이유로 시골 마을까지 습격하였다. 원리주의자들은 세속주의의 위협으로부터 자신들의 종교를 보호하고, 자신들의 종교적 신념과 관행에 근거한 '신정국가'를 건설한다는 명목으로 자신들의 활동을 정당화한다. 그러나 이러한 그들의 정당화는 순전히 종교적이기보다는 사회적이고 정치적인 동기가 많다. 그들이 속한 나라가 정치, 사회적 실패를 겪고 있을 때 그로 인하여 대중들이 가난과 억압의 가장자리로 내몰리게 되는 상황 속에서 원리주의자들은 정치, 사회적 동기들을 찾는다. 원리주의자들은 그들의 나라가 사회, 정치적으로 실패한 이유를 계몽주의와 기독교 탓으로 돌린다.

그러나 정치화된 종교는 그 시초부터 많은 위험들과 문제들을 안고 있다. 비록 이슬람 원리주의는 세속화의 위협에 처한 자신들의 문화적 정체성을 진지하게 받아들인다 해도 문제에 대한 해결 방법은 자기 선조의 것보다 오히려 못한 면이 있다. 원리주의의 방식은 엄밀하게 말하면 종교적인 해결책이라기보다는 세속적이다. 이슬람 원리주의를 다음과 같이 비판하고자 한다.

정통 이슬람이 아니다.

이슬람 원리주의를 연구하는 대부분의 사람들은 원리주의는 정통 이슬람이 아니라는 데 동의한다. 이것을 좋게 말하는 자들은 이슬람 세계의 세속화에 대한 종교적 반응이라고 말한다. 즉 세속 이슬람을 거룩한 이슬람으로 바꾸려는 것으로 해석한다. 그러나 거룩의 정의가 분명치 않다. 여자들의 미의 본능을 죽이고 미를 감추는 것이 마치 거룩한 것인 양 생각한다. 사우디 땅을 거룩하다고 하는데, 기독교에는 결코 거룩한 공간이 따로 없다. 하나님의 백성들 자체를 거룩한 모임으로 말할 수 있을 뿐이다. 이 점에서 로마 가톨릭이 예루살렘을 신성시하고 십자군 전쟁을 한 것은 기독교의 치욕이다. 이것으로 이슬람과 씻을 수 없는 적대관계를 형성하고 말았다.

이슬람 원리주의는 정통 이슬람을 많이 왜곡시킨, 이슬람의 과격한 평신도 운동이다. 독일학자 군테르 볼프강은 원리주의는 정통학자들의 이슬람 사상과는 거리가 먼 하나의 새로운 평신도 운동eine neue islamische Laienbewegung이라 정의한다. 그 이유는 이란의 호메이니를 제외하고는 원리주의를 창설한 자들 중에 하나도 정통 이슬람 학자가 없다는 것이다. 그가 거명하는 원리주의자들은 다음과 같다. 하산 알 바나, 이란의 메디 바자르간Mehdi Bazargan, 터키의 넥메친 엘바칸Necmettin Erbakan, 알제리의 아바시 마다니Abbasi Madani등이다.[1] 후쿠야마는 원리주의를 이슬람 파쇼주의로, 독일의 칸딜B.F,Kandil은 토착적 이데올로기nativistische Ideologie로, 카리드D. Khalid는 이슬람주의Islamismus, 파리드자데A, Faridzadeh는 천년왕국주의와 토착주의의 정치 이데올로기die pollitische Ideologie des Chiliasmus und Nativismus로 정의한다. 카리드는 이슬람 원리주의는 공산주의와 자본주의를 대치하려는 이념이지만 결코 이슬람 신앙의 부흥이나 르네상스로 볼 수 없다는 것이다.[2]

비민주적이다.

일본의 많은 학자들은 이슬람과 민주주의는 함께 할 수 없다고 하는데, 원리주의는 더욱 더 민주주의와 대치한다. 하지만 민주주의는 모든 사람이 바라는 중요한 보편적 가치체계이다. 그런데 이슬람 원리주의는 민주주의를 가로막는 걸림돌이 된다. 왜냐하면 이슬람 원리주의자들은 자기들의 종교적 가치체계를 사회와 정치에 강요한다. 이것은 결국 종교적 독재세력이나 권위주의적 정부 형태를 만든다. 원리주의자들은 반체제인사와 다양한 견해들이나 개개인의 견해는 허용하지 않는다. 집단을 대표하는 단 한 가지 판단만이 사회를 지배해야 한다. 최근에 남아시아의 정치 상황은 민주화를 위한 다년간의 정치적 노력에도 불구하고 시민사회가 매우 위태롭다. 다행히 파키스탄, 방글라데시, 인도네시아에서 이슬람 원리주의 정당들이 총선에서 패배하였다.

이슬람 원리주의는 중세 로마 가톨릭과 유사한 점이 있다. 가톨릭이 사회 전체를 지배하여 다른 종교는 이단으로 처형하였다. 가톨릭은 이슬람을 적대시하여 십자군 전쟁을 하였다. 개신교는 로마 가톨릭의 이러한 종교 독점을 거부하고 도리어 종교 다원화 사회를 실현하고 있다. 십자군 전쟁 역시 성경적 원리도, 기독교적 원리도 아니다. 영화『킹덤 오브 헤븐』*Kingdom of Heaven*은 십자군 전쟁을 사죄하는 영화이다.

이슬람 국가들은 모든 교육 기관들을 통제하는데, 특히 파키스탄은 원리주의자들이 교육을 장악, 어린 학생들에게 전투적 이슬람을 주입식으로 교육한다. 엄밀히 말하면 공산주의식 세뇌교육이다. 그래서 사람들이 다른 종교들에 대해 배울 기회를 갖지 못한다. 마드라사 학생들의 나이는 평균 5세에서 18세까지 폭넓다. 이 급진적 이슬람 학교들은 침체된 경제 여건에서 학생들을 유인한다.

그들은 학교에서 무엇을 배우는가? 학생들은 이슬람fiqh의 해석, 하디스(무함마드의 언행록), 꾸란 주석, 철학, 역사, 이슬람 사법권을 배운다. 파키스탄 정부의 정보국intelligence agency과 내무부는 마드라사 교육의 결과에 대해 사회생활에 적응하지 못하는 졸업생들을 배출해낸다고 평가했다.

이슬람 원리주의자들은 자기들의 영토 내에서 다른 종교들의 선교활동에는 문을 닫아걸면서 그들의 종교적 이데올로기를 전 세계에 전파하는 데 앞장서고 있다. 무슬림들이 지배권을 행사하는 나라들에서 비 무슬림들은 특정 정치권에 진출할 권리를 박탈당하며, 다른 종교로 개종하는 무슬림들은 모든 기득권을 박탈당하고 죽음을 당할 수 있다.

종교적 집단주의

이슬람 원리주의는 철저히 종교적 집단주의이다. 이슬람 원리주의자들은 대중들에게 자기들 식의 종교를 강요하는 일에 목숨을 걸고 앞장섰다. 신정주의 국가를 건설한다는 명목으로 종교적 원리가 도리어 인간 삶의 모든 영역들을 침해한다. 아프간의 탈레반 원리주의나 이란의 종교경찰이 이것을 잘 입증한다. 즉 '집단적 정체성 선언'을 근거로 종교를 강요한다. 종교적 교리와 제도가 사람들에게 종교 공동체와 국가에 대한 충성을 요구한다. 호메이니 혁명 당시 이란 사람들은 이슬람 당국이 요구하는 엄격한 종교 규정들을 강제로 지켜야만 하였다. 이 점에서 아시아에서는 공산주의 이후 새로운 형태의 집단주의collectivism를 만나고 있다.

특히 이슬람 국가에서는 종교와 집단 정체성 간의 관계는 너무 밀접하여 분리할 수 없게 되어 있다. 종교와 공동체를 구분할 수 없으며, 개인은 다수 종교에 헌신할 자유만 가지고 있고, 그 종교를 떠날 자유가 없다. 이슬람 국가에서 이슬람을 버린다는 것은 바로 자신의 민족적, 부족적 정체성을 포기한다는 것을 의미한다. 이슬람은 개인을 이슬람의 가치 체계, 행동, 생활양식, 관습으로 묶는 규범이 된다. 이슬람 사회는 불행하게도 다양성은 신의 선물이라는 사실을 이해하지 못한다. 호킹William Ernst Hocking은 『다가오는 세계 문명』*The Coming World Civilization*이라는 책에서 "자유로운 개인들은 현대 문화의 최상의 열매"라고 주장했다. 종교적 집단주의는 인권 침해가 불가피하다. 이 문제는 가치관의 충돌에서 다시 거론할 것이다.

특수성의 장려

이슬람 원리주의자들은 세계화globalization와 세속화secularization를 거부하고 대신 이슬람 문화의 특수성particularity을 강조한다. 심지어 그들은 서구 현대사회의 가치에 대해 이슬람 종교와 문화의 우수성을 주장한다. 세계화라는 말은 나라, 민족, 문화의 다양성에도 불구하고 세계는 하나라는 것을 의미한다. 오늘날의 경제, 정치, 기술, 산업, 환경, 정보는 국제적으로 관련성이 있어서 우리는 지구촌global village에 살고 있다. 세계화와 국제화internationalization는 적어도 가치체계의 공유나 국가, 인종, 언어, 문화, 종교를 초월한 하나의 인류로서 서로에 대한 상호이해를 요구한다. 이슬람 국가들은 특히 서구 중심의 세계화에 대하여 지하드를 선언한다. 그래서 미국의 정치학자 바버는 이것을 '맥월드McWorld와 지역 문화 사이의 지하드'라고 묘사한다. 맥월드란 코카 콜라와 맥도날드 햄버거를 의미한다. 이슬람 원리주의는 이슬람의 종교적 진리, 가치, 문화를 장려함으로써 세계화 현상에 도전장을 내민다. 그러나 이러한 특수성에 대한 장려는 '이타성otherness'에 대한 배타주의가 되고 만다.

폭력 사용

1970년대 남미의 해방신학은 그들이 지향하는 목표를 달성하기 위하여 폭력을 정당화한다. 이것을 일부 해방신학자들은 신령한 폭력이라고 미화하였다. 이슬람 원리주의를 국제정치학자들은 무장화된 종교운동이라고 정의한다. 최근 미국의 정치학자 로버트 카프란Robert Kaplan은 저서 『무사정치』Warrior Politics에서 유대교와 기독교 이외의 종교를 이방종교로 정의하면서 "전자는 개인주의에 집착하여 추상적 도덕률을 발전시키지만 다른 '이방종교'는 대중 혹은 집단에 치중한다. 따라서 이들 집단주의 사고방식은 결과를 중시하기 때문에 목적은 수단을 정당화한다는 논리로 폭력을 정당화한다. 9.11테러는 고대사회에서 실마리를 풀어야 한다."고 쓴다. 그러나 발전을 이룩하기 위해서는 종교 대신 세속적 가치관을 추구해야 한다.

여기서 우리는 카프란의 사상에 전적으로 동의하지는 않지만 비기독교 종교가 기독교보다는 폭력을 정당화한다는 그의 말은 정확하다고 본다. 특히 이슬람 원리주의에 있어서는 더욱 그러하다. 9.11테러 이후 파키스탄에서는 인도의 카슈미르 영토분쟁으로 다시 전운이 감돌 때 파키스탄의 무샤라프 대통령은 파키스탄의 수백 명 이슬람 원리주의자들을 감금하였다. 그는 단호하게 이들 과격분자들의 칼라슈니코프 문화는 종식시켜야 한다고 외쳤다. 칼라슈니코프란 소련제 총을 들고 폭력을 행사하는 것을 지칭한 것이다. 이슬람권의 많은 정부들은 지금 폭력을 행사하는 과격한 원리주의자들 때문에 골머리를 앓고 있다.

그러나 이슬람 세계는 빈 라덴의 폭력사용에 도리어 박수를 쳤다. 중동의 많은 사람들은 라덴이 미국을 무찔렀다는 말할 수 없는 쾌감을 무의식중에 드러내었다고 한다.

그러나 여기에 심각한 도덕적 의문이 제기된다. 빈 라덴이 종교적 확신으로 자행한 테러라고 그것이 과연 정당화될 수 있는가 하는 것이다. 가령 무서운 깡패가 있다고 가상하자. 어느 용감한 시민이 그 깡패를 멋지게 혼내주었다고 할 때 시민들은 박수를 보내고 그 용감한 시민은 표창을 받을 수 있을 것이다. 그러나 그 깡패를 무참하게 죽인다고 할 때 그 시민이 무조건 사면될 수 있는가 하는 것이다.

1998년 『히틀러 전기』*Explaining Hitler*를 쓴 미국의 작가 로젠바움은 『악의 정도』*Degrees of Evil*라는 글에서 히틀러와 라덴을 비교하면서 라덴이 히틀러보다 더 무서운 악을 저질렀다고 비교한다. 히틀러는 가스수용소에서 사람들이 죽는 것을 공개적으로 찬양하지 않았으나, 라덴이 자신의 행위를 공공연하게 자랑하고 찬양한 행위는 최고의 악에 해당되는 가장 사악한 악이라 규정한다. 그는 악의 정도를 일상적 악ordinary wickedness, 이기적 악selfish wickedness, 양심적 악conscientious wickedness, 타율적 악heteronomous wickedness, 그리고 다음 가장 질이 나쁜 악성적 악malignant wickedness으로 구분하고 라덴은 마지막에 해당된다고 하였다.[3]

어느 비평가의 말대로 빈 라덴은 미국이 사우디를 침략한 것으로, 혹은 미국의 박해를 받는 것으로 말하지만 실제로 빈 라덴 자신은 누구로부터도 자기 종교로 인한 박해를 받은 피해자가 아니다. 오히려 그는 가해자이다.

몽매주의

원리주의자들은 융통성이 없게 자신들의 신념을 고집하고 그들의 종교만이 진리이기 때문에 다른 종교들은 관용될 수 없으며, 특히 자신들의 종교에 속한 멤버들이 지배적인 우위를 점하는 땅에서는 더욱이 허용될 수 없다고 주장하는 '몽매한 문자주의자들' 이다. 애매한 몽매주의, 문자주의는 율법주의로 흐를 수 있다. 그리고 율법주의는 그들이 주장하는 종교적 규정들이나 법칙들을 철저하게 지키지 않는 같은 구성원들조차도 배타시키거나 처벌한다. 초기 기독교 원리주의자들은 '원문' 을 상황에 적용하여 해석하는 것을 강조하기 때문에 이슬람 원리주의와 같은 문자주의자들은 아니었다.

경전의 임의적 해석

이슬람 원리주의자들은 일반적으로 경전에서 자신들의 주장을 뒷받침할 수 있는 내용을 임의로 선별하여 자기들 나름대로 문자적인 해석을 하는 위험을 감행함으로써 그들 종교가 지향하는 원칙적인 가르침들과 교리들을 왜곡한다. 몇몇 이슬람 국가들에서 주장하는 샤리아의 엄격한 실천은 한 예이다. 사우디에서 샤리아는 엄격하다. 사우디의 샤리아에 지정된 처벌 중에는 탈레반 원리주의자들처럼 돌로 처형하는 것과 채찍질이 포함되어 있다. 1977년에 사우디 왕가의 공주 한 명이 간통죄로 목 베임을 당했는데, 이것은 이슬람의 율법이 차별없이 모든 사람들에게 적용된다는 것을 보여준다.

그러나 말레이시아의 전 수상 마하티르 무함마드는 '이슬람 전도자'로 알려져 있지만 그는 이슬람 원리주의자들의 주장이 꾸란에서 벗어난 것이라고 호되게 비난한다. 이슬람 원리주의는 꾸란을 임의로 왜곡 해석하는 오류를 범한다.

종교적 이상향 건설

이슬람 원리주의는 신정국가의 이름으로 초기의 종교적 이상향을 지향한다. 이 점에서 이슬람 원리주의는 과거 지향적이다. 원리주의자들은 자주 정의나 인도주의 등 현대적 기준들에 비해 뒤쳐지는 샤리아 같은 전통적 율법체계로의 복귀를 주장한다. 사실, 미국의 한 정치학자가 적절히 지적하듯이 원리주의는 현재를 거부하고 과거를 전파하며, 세속주의와 상대주의에 반대되는 종교적인 세계관을 전파하지만 성공한 적은 없다.

성 차별

이슬람 원리주의의 가장 심각한 문제는 잘못된 성차별이다. 북아프리카와 일부 이슬람 국가에서 자행되는 여성 할례라든지 탈레반 원리주의자들이 모든 여성들을 직장에서 추방하고 가정에 감금하는 것 등은 그야말로 엄청난 인권침해이다. 아시아교회협회Asian Conference of Churches

는 원리주의 하에서 여성들은 그들의 존엄성과 자유를 상실하며, 남자들의 이기적인 성적 만족의 도구로 전락한다고 지적한다. 호메이니의 지지자들에게 여성들은 사회에서 아무런 위치도 인정받지 못한다. 여성의 자리는 가정에 있다. 가정에서 여자들은 순종적인 아내, 가족들을 돌보는 어머니, 그 이상의 의미가 없다. 베일을 바르게 착용하지 않는 것은 범죄라고 하는 구실 아래 호메이니 정권은 율법을 어긴 여성들을 채찍으로 때리고 고문하면서 끔찍하게 이란 여성들을 학대하였다.

아프간에서 아프간 무자헤딘 원리주의자들의 성차별은 훨씬 더 심각하고 끔찍하였다. 어떤 도시에서는 여성들이 지나치게 노출되거나, 목소리가 크면 혼이 나며, 때로는 죽임을 당한다. 방글라데시의 유명한 여류작가 타슬리마 나스린은 "이슬람의 꾸란은 여성을 차별하는 경향이 있다."는 말 한 마디로 원리주의자들의 데모를 받아 결국 서방 인권단체의 도움으로 방글라데시를 탈출해야만 하였다. 그리고, 역시 방글라데시를 탈출한 남자 작가와 결혼하여 독일에 있는 것으로 알려지고 있다.

원리주의의 성차별은 사우디에서 잘 나타난다. 사우디에서는 여성이 자전거를 타거나 자동차를 직접 운전하면 안 된다. 1990년 11월에 약 50명의 여성들이 직접 수도 리야드로 운전해 들어가는 것으로 이 법에 저항했다. 그들은 체포됐으나 곧 풀려났고 이것은 유행이 되었다. 가정에서도 남성 구역과 여성 구역이 나누어져 있으며 혼자서는 집을 떠날 수 없고 꼭 남성과 동행해야 한다. 결혼하지 않은 여성은 혼자 살아서는 안 되고 혼자서 호텔, 레스토랑에 가도 안 된다. 아버지, 남자 형제, 남편 외에 다른 남성을 만나는 것도 안 된다. 그러나 산업화로 인해 이런 전통은 바뀌고 있다. 정부는 남녀 분리를 깨뜨리기보다도 독점적인 여성의 활동을 늘리고 있다.

성차별은 이슬람 원리주의에만 국한되지 않고, 아시아의 주요 종교들인 힌두교, 불교, 신도, 유교도 일반적으로 여성의 지위를 깎아 내린다. 유교의 성차별과 관련해서 심지어 1999년 4월에 한국을 방한 엘리자베스 2세까지도 모욕을(?) 당한 적이 있었다. 그녀는 유교 양반 마을인 하회 류씨 동네를 방문하였다. 특별한 귀빈으로 초대받았으나 사랑방에 발을 들여놓는 순간 주인으로부터 거절을 당했다. 유교도 여자를 차별하는 것은 동일하다.

남의 탓으로 돌리는 원리주의

원리주의는 자기 나라의 부정부패를 정부의 자본주의 경제정책에 돌리며 강하게 비난한다. 이란의 호메이니 혁명은 대표적인 케이스이다. 그러나 이슬람 정부의 부정부패는 어떻게 설명할 것인가? 이란은 군인들(사병)의 군복과 군화도 자기 돈으로 구입해야 한다. 석유 수출 2위 국가지만 원리주의의 현 집권자들 역시 부정부패로 국민들의 신망을 잃었다. 성직자들이 다 장관이 되는 종교적 국가이다. 종교가 정부의 법들과 행정을 조정해야 한다고 주장한다. 호메이니는 혁명 이전의 이란은 불의와 억압의 정치구조였다고 신랄하게 비난했다. 그러나 혁명 이후의 현이란 역시 불의와 억압이 그대로 계속되고 있다. 호메이니는 자서전에서 이슬람 정치가들은 국민들을 섬기는 종이 되어야 한다고 말하였다. 그런데 미국 탓, 서구 식민지 탓을 하지만 자기 탓은 하지 않는다. 자기반성이 없다.

그러면 이슬람만이 서구의 피해자인가? 이러한 식으로 하면 모든 비서구 세계는 다 서구의 피해자이다. 아시아에서 서구 식민지를 경험하지 않은 나라는 일본과 한국과 태국뿐이다. 한국은 대신 일본의 식민지로 있었다. 네팔도 높은 산 덕분에 직접 지배를 받지 않았으나 다른 방법으로 외침을 받았다. 그런데 유독 종교의 이름으로 반서구 감정을 표출하는 것에 대하여 극동의 종교인들은 의아해 한다. 종교가 정치화되어 증오를 부채질할 때 전쟁은 끝이 없고 더 무서운 종교전쟁을 유발하게 될 것이다. 사랑을 가르치고 용서를 가르치는 것이 종교의 본질이라고 사람들은 믿는다.

솔직히 말하면 현재 이슬람 국가에서 소수 종교인들이 이슬람의 피해자가 되고 있다. 숨을 죽이면서 살아야 하는 현실은 종교 박해 편에서 고찰한 바이다. 이슬람이 더 공격적인 선교를 하고 있음을 제3장에서 언급하였다. 중동에서 쿠르드의 인종 차별은 어떻게 설명할 것인가? 같은 무슬림이면서도 쿠르드인들을 무시한다.

그리고 결코 미국만 침략자가 아니다. 중국은 신장 위구르를 식민지로, 아니 중국 것으로 만들었고, 내몽골, 티베트도 마찬가지이다. 중국도 신장 위구르와 티베트를 점령하였다. 위구르는 임시정부가 터키에 있고 계속 독립투쟁을 전개하고 있다. 일본 신문은 이것을 크게 보도하는데, 한국은 침묵한다. 러시아는 체첸 독립을 절대 불허한다. 중국, 러시아도 식민주의 국가이다. 중요한 사실은 사우디를 제외한 대부분의 중동국가들은 원주민이 있었다. 그 원주민들은 소수인종으로 전락하고 아랍인들이 지배하고 있다. 이라크의 경우 사담 후세인은 아랍인이다. 이라크의 원주민은 앗수르인이었다.[4]

이슬람은 기독교적 서구와 미국의 피해자라고 항변하는데, 아랍이 먼저 침략자이다. 무함마드는 스페인과 중동은 물론 북아프리카를 정복하여, 지금도 이집트는 이집트(콥틱인)인이 대통령이 되지 못한 것이 벌써 1500년이나 된다. 따라서 이슬람 테러의 원인을 서구식민주의 탓으로 돌리는 것은 논리상 맞지 않는다.

9.11테러는 분명 극단적 이슬람 원리주의자들의 배타적이고도 공격적인 선택론과 이슬람적 종말론과 구원론에서 연유된, 그야말로 종교적 혹은 신학적 동기가 더 중요한 요인임에도 불구하고 미국의 패권주의에 원인을 돌린다. 네덜란드의 선교학자 용헨엘Jan Jongeneel이 지적한대로 분명 종교적이지 정치는 아니다. 그에 의하면 먼저 이슬람의 잘못된 종말론이 주원인이다. 꾸란도 요한계시록과 같이 말세에 땅에서 올라오는 짐승을 예언한다. 영역 꾸란 27장 82절에 다음과 같이 말한다. "And when the word shall come to pass against them, they shall bring forth for them a creature from the earth that shall wound them, because people did not believe in our communications." 성경에서 이 짐승은 적그리스도를 의미하는데, 알리 아크발이라는 이슬람 학자는 짐승을 이스라엘로 설명한다. 미국이 알라에 적대적인 이스라엘을 지지하는 것은 마땅히 응징을 받아야 한다는 것이다. 아크발은 동시에 서구와 미국은 유물주의, 세속주의, 향락주의로 인하여 기독교식의 적그리스도이기 때문에 땅 위에서 심판을 받게 되어 있다는 것이다.

이슬람 원리주의자들의 서구와 특히 미국에 대한 1993, 1995, 2001년 테러는 테러행동 이상의 것이다. 이미 설명한 종말사상에 근거한 것으로 보인다. 따라서 서구나 미국의 보복행위가 별 효과를 보지 못할 것이다. 테러가 주 이슈가 아니라 충돌의 핵심은 근본적으로 문명충돌이며 종말론에 대한 종교 간의 대립이다.[5]

2001년 9월 16일자 뉴욕 타임지는 다음과 같이 테러 동기를 분석하였다. "범인들은 서방세계에 확산되어 있는 자유, 관용, 번영, 종교적 공존주의, 보통선거 등의 모든 가치관들을 증오하여 범행을 저질렀다." 따라서 노암 촘스키가 지적한 대로 미국의 행동과는 무관한 것이다.

공포분위기 조성: 그러나 자신들도 불안하다.

이슬람 원리주의 집단들은 폭력과 테러를 통하여 전 세계적으로 공포 분위기를 조성하고 있다. 끔찍한 살인을 자행한다. 이미 많이 소개하여 더 이상 반복은 피한다. 그러나 저들은 도리어 공포를 느낀다. 모로코의 여성 학자 파테마 에르니시가 지적한대로 이슬람 원리주의는 서구에 대한 공포, 이맘에 대한 공포, 민주주의에 대한 공포, 사상의 자유에 대한 공포, 개인주의에 대한 공포, 과거에 대한 공포, 현재에 대한 공포와 불안감을 가지고 있다. 이 내용을 여기서 다 설명할 수 없다.[6]

이슬람 원리주의는 가장 정치화된 종교이다. 종교의 정치화는 종교의 비극이요 실패이다. 이슬람 원리주의는 더 무서운 종교적 독재주의 혹은 전체주의이다. 신의 이름으로 전지전능의 권력을 행사하지만 신의 이름으로 시민의 기본권을 빼앗는 새로운 유형의 독재정치이다. 탈레반 정치는 이미 실패한 정치이다. 그럼에도 불구하고 아프간의 재집권을 집요하게 시도한다.

| 미 주 |

1. Wolfgan Gunter Lerch, *Der lange Weg zum Frieden* (Muncehn: Koehler & Amerlang, 1996), 26.

2. Hossein Motabaher, *Vom Nationalstaat zum Gottesstaat: Islam und sozial Wandel im Nahen und Mittleren Osten* (Kohlmmer, 1995), 160-161.

3. Ron Rosenbaum, "Degrees of Evil: Some thoughts on Hitler, bin Laden, and the hierarchy of wickedness," *Atlantic Monthly*, February 2002: 63.

4. 이 사실에 대해서는 Georges Sada, *Saddam's Secrets* (Brenwood, TN: 2006)을 참조할 것.

5. Jan Jongeneel, "The West in the End Times," *Missions & Missionaries*, 106(Decmeber 2001): 5.

6. Fatema Mernissi, *Die Angstvorder Moderne: Fraue und Manner zwischen Islam und Demokratie* (Munchen: Deutscher Taschenbuch Verlag, 1996)을 참고할 것.

제 8 장 _ **서구의 오류:**
편향된 중동정책

우리는 이슬람 세계와 우리 사회의 반미 정서를 유감으로 생각한다. 하지만 세계를 휩쓸고 있는 반미주의도 일종의 이데올로기이다. 우리 사회에서는 반미 중 일부가 결국 반기독교라는 것도 입증되었다. 우리 사회는 내부적으로 문명충돌이 아닌 이념충돌이 심화되고 있다. 그러나 미국은 중동 정책에서 이스라엘에 더 비중을 두는 편향된 정책을 시정해야 한다. 그리고 일부 기독교인들의 "이스라엘 짝사랑"도 시정되어야 한다. 기독교적 서구와 이슬람의 충돌이라는 등식도 시정되어야 한다. 다른 충돌도 있다.

그럼에도 불구하고 이슬람이나 이슬람 원리주의가 재고할 것은 반미, 반이스라엘은 정치 문제이지 결코 종교 문제가 될 수 없다는 것이다. 이것은 어디까지나 정치 영역에서 해결해야 할 주제이다. 국제정치를 종교차원으로 끌어내는 것은 종교의 본질을 벗어난 것이다. 종교는 개인 문제의 해결사 노릇을 해야 한다. 기독교나 이슬람이나 다 같이 천국에서는 민족이 존재하지 않는다. 천당에 미국 구역은 분명 없다. 그러나 세계평화를 위하여 미국의 중동 정책은 변해야 한다.

아시아에서 이슬람과 충돌

1997년 3월, 서구의 다섯 개 기독교 민주주의 보수당의 당수들은 터키는 문명이 너무 상이하여 유럽연합의 회원국이 될 수 없다고 발표했다. 이 발표는 그리스의 외무장관 판겔로스에게서 호된 비판을 받았다. 이것은 분명 서구와 이슬람 국가의 깊은 골을 잘 보여주는 한 가지 실례로, 헌팅턴이 주장한 대로 문명충돌의 인상을 주고도 남는다.

이슬람은 기독교, 유대교와 더불어 같은 셈족 종교라는 유사한 뿌리에도 불구하고 처음부터 적대 관계가 되고 말았다. 신학적으로는 기독교와 이슬람은 세계주의universalism, 봉사정신, 기도, 천국과 지옥에 대한 신앙, 천사 신앙, 평등사상이라는 유사한 교리를 공유한다. 그럼에도 불구하고 에스포지트가 말한 대로 이슬람은 처음부터 서구에 위협적 존재로 등장하였는데, 이것이 인류 역사의 비극이요 불행이다.

그러나 서구와 이슬람의 갈등으로만 국제정치를 보는 것은 잘못이다. 미국에서는 유대인 파워가 너무 강하여 많은 백인들이 불안해한다. 유대인들과 기독교 간의 대화와 협력도 많으나 갈등의 조짐도 보인다.

과거 중세 때 이슬람은 몽골과도 충돌하였다. 이슬람은 샤머니즘의 몽골에 엄청난 수모를 당하였다. 징기스칸은 가급적이면 이슬람과는 충돌을 피하려고 노력하였다. 그런데 사마르칸트에서 이슬람 국가가 몽골인 장사꾼과 대사를 살해하는 데 격분, 결국 3일 동안 장생신長生神에게 기도하고 중앙아시아를 공격하고 중동까지 침공하고 만다. 당시 사마르칸트의 이슬람 국가는 오만하였다. "알라를 믿는 우리가 저런 사막의 이교도들 쯤이야."하면서 승리를 호언장담하였다. 중앙아시아가 무너지면서 중동의 모든 국가들이 몽골의 지배를 받았다.

이슬람은 인도에서는 힌두교와 태국에서는 불교와 조우하고 있다. 문명충돌 논쟁에서 이 점은 제외되고 있다. 얼마 전 방콕에서는 수백 명의 승려들이 거리에서 데모를 하였다. 불교를 태국의 국교로 만들라고. 이것은 분명 태국에서 이슬람 파워가 날이 갈수록 커지고 테러, 폭력이 일어나는 데 대한 불안을 드러낸 것이라고 본다. 미얀마에서도 인도인들의 상당수는 무슬림이다. 미얀마 불교가 가만히 있을 리 없다. 이미 언급한 대로 일본은 이미 이슬람 문화에 혼이 난 적이 있다. 일본에서 일하던 중동 근로자가 사망하자 일본 정부는 일본식으로 화장하고 말았다. 중동이 발칵 뒤집혔다. 그래서 결국 일본은 무슬림들을 위한 매장지를 따로 설정하였다. 2차 대전 때 일본군인 중에서 무슬림이 있었다. 그런데 그 일본인 무슬림은 메카를 향하여 절하고 곧 이어서 동경을 향하여 절하였다. 이 장면에 물론 중동의 무슬림은 깜짝 놀랐다. 그래서 이슬람은 일본은 이슬람화하기 어렵다고 판단하였다는 소문이 들린다.

이미 언급한 것처럼 일본에서 이슬람에 비판적인 입장을 취한 일본인 학자가 3명이 살해되는 사건이 일어나서 일본에서 이슬람의 이미지가 이미 좀 무서운 종교로 비쳐지고 있다.

그러나 아시아에서 가장 큰 종교 충돌은 인도 카슈미르이며 인도에서도 종종 종교분쟁이 일어난다. 여기에서 이러한 충돌의 사례를 다 열거할 수 없다.

미국의 편향된 아랍 정책: 미국의 고뇌

1970년대 해방신학이나 종속이론은 남미 등 제3국가에서 반미감정을 유발하는 촉매제가 되었다. 그런데 이제 아랍세계의 반미, 반서구 감정이 도마에 오르고 있다. 전 세계의 많은 나라에서 미국의 테러는 자업자득이라는 논리가 많은 지지를 받는 실정이다. 미국은 이슬람으로부터의 테러를 뿌리 뽑기 위해서는 미국의 우방인 사우디아라비아를 비롯하여 비민주적으로 정치를 하는 중동국가들의 정치와 경제를 개혁해야 한다는 주장이 강력히 제기되고 있다. 군사 응징에만 집착할 것이 아니라 보다 근본적인 해결책을 모색해야 한다는 것이다.

그러나 이슬람의 아랍세계는 결코 단순하지 않다. 2001년 12월 24일자 뉴스위크Newsweek에서 『아랍세계를 어떻게 구원할 것인가?』라는 제목의 글에서 사우디와 이집트를 비롯한 중동국가들이 인권을 억압하고, 이슬람 원리주의자들의 정치 참여를 원천 봉쇄하고 있는데도 미국이 이들의 후견인임을 자임함으로써 내부의 불만이 폭력적인 형태로 나타나게 된 것이 테러의 본질이라고 지적했다. 테러 근절의 해법이 이슬람 국가, 특히 사우디와 이집트의 정치 경제개혁에 있다는 점은 존스 홉킨스 대학의 프랜시스 후쿠야마 교수나 뉴욕타임즈의 칼럼니스트 토마스 프리드먼도 최근 제기했다. 미국의 권위 있는 월간지 애틀랜틱 먼슬리의 잭 비티 편집장도 지난 5일 『테러의 진정한 뿌리』라는 글에서 "미국은 중동정책의 양축을 지역안정과 석유확보에 두고 있기 때문에 사우디나 이집트정권의 반민주적인 정책을 눈감아줌으로써 무슬림들로부터 분노의 테러를 자초하고 있다."고 지적했다. 9.11테러만 해도 용의자 18명 중 15명이 빈 라덴처럼 사우디 출신이었으며 테러를 지휘한 모하메드 아타와 테러조직 알카에다의 2인자인 아이만 알 자와히리도 이집트 출신이었다. 물론 여기에는 미국의 문제보다도 이미 다룬 바와 같이 사우디는 와합원리주의 국가로 테러를 낳을 수밖에 없다. 신학적으로 미국을 사탄으로 간주한다. 미국이 잘 한다고 사탄이 천사가 되는 것은 아니다.

미국의 실수는 미국의 눈으로 세계 종교를 보았고 정치와 종교의 상관관계를 무시하는 오류를 범한 것이다. 미국은 적어도 '세속주의의 근시

secular myopia'에 사로 잡혀 호메이니의 이슬람 혁명 때까지는 종교의 무서운 파괴력을 미처 깨닫지 못한 셈이다.

그러나 미국을 더욱 곤혹스럽게 하는 것은 미국 내에서나 국제사회에서 미국의 패권주의를 곱지 않은 시선으로 보는 것이다. 미국은 세계 최고의 인권과 자유 수호국가로 자처하지만 국내에서도 비판이 만만치 않다. 테러와 전쟁을 하는 미국이 도리어 테러 국가라는 비난을 받고 있다. 아직도 미국의 관공서나 집, 자동차에 성조기를 다는 사람이 많아서 십자가보다 성조기가 더 많을 정도지만 그럼에도 부시의 테러전에 대하여 비판 여론이 일고 있다. 부시가 헌신적인 기독교 신자임은 자타가 인정하지만 그의 테러 전쟁의 수행이 결코 기독교 원리와 맞지 않는 것은, 아프간 폭격을 명령할 때 기도를 하였으나 하나님의 응답을 받지 않고 서둘렀다는 것이다. 조이스 스턴버거라는 미국의 한 기독교인은 부시는 신자이지만 그가 수행하는 정책은 예수님이 가르치는 교훈과는 배치된다고 흥분한다.

또 미국을 곤혹스럽게 하는 것은 미국인으로 탈레반 군에 가담한 미국인 탈레반 존 워커의 처리일 것이다. 그는 예멘과 파키스탄에서 공부하는 동안 이슬람으로 개종하였고 탈레반에 가담하여 미국인으로 미국과 싸우는 첫 미국인이 되었다. 미 법무부 장관 아쉬크로프트는 평하기를 "조국을 버리고 조국과 전쟁을 벌인 사람을 역사는 친절하게 보지는 않을 것이다."고 하였다.

미국의 프리덤 하우스는 『2002년 세계의 자유 : 민주주의 격차』라는 보고서에서 테러가 빈발하는 이슬람권의 47개국 중에서 민주주의 국가는 23%인 11개국에 불과하다고 발표했다. 이는 이슬람권을 제외하고 민주주의로 분류되는 국가가 세계 110개국으로 76%에 달하는 것에 크게 못 미친다. 세계 최악의 자유가 없는 국가 10개국 중에도 사우디 이라크 등 이슬람 국가가 6개나 포함됐다. 테러와 민주화의 상관관계를 보여주는 한 예라고 할 수 있다.

그럼에도 미국이 선뜻 이들 국가들에 대해 민주주의를 촉구하지 못하는 이유는 혹시 민주적 선거에서 이슬람 원리주의자가 승리할지도 모른다는 두려움 때문이라고 뉴스위크는 분석했다. 뉴스위크는 이를 '대안에 대한 두려움Fear of The Alternative'이라고 표현했다. 따라서 중동 국가에 대한 충고나 상담은 모험이 따른다.

이집트의 호스니 무바라크 대통령은 국영언론이 반미감정과 반유대감정을 감소시키고 자살특공대를 미화하지 않는 데 만족한다. 한 미국 고위 관리는 "만약 이집트가 미국이 원하는 대로 하면 원리주의자가 이집트를 접수할 것"이라고 불안해한다. 사우디에서 민주선거가 실시됐다면 국왕 파드와 오사마 빈 라덴 중 누가 당선됐을지 모른다는 얘기가 나올 정도이다. 따라서 중동 전문가들은 점진적인 정치, 경제의 민주화만이 이슬람 극단주의자들이 뿌리를 내리지 못하게 하는 최선의 해법이 된다고 본다. 터키나 이란처럼 이슬람 원리주의자들에게 정치적 참여를 허용하고 있는 나라에서는 극단적인 테러가 빛을 잃고 있음을 주목해야 한다는 것이다.

미국은 민주주의는 선이고 독재는 악이라는 등식으로 중동국가를 압박할 것이 아니라 먼저 민주주의의 선행인 헌법적 자유주의를 권장해야 할 것이다. 헌법적 자유주의란 법의 원칙, 개인의 권리, 사유재산, 독립된 법정, 국가와 교회의 분리이다. 물론 이슬람 국가들은 이것을 쉽게 받아들이지 않을 것이다. 민주화 이전에 경제적 자유주의는 민주화로 발전한다. 스페인, 한국, 멕시코, 칠레, 대만, 포르투갈은 대표적인 케이스이다. 경제개혁은 진정한 법의 원칙을 의미한다. 자본주의는 문제가 많지만 그러나 계약 사상을 발전시킨다. 개방화, 정보화, 비즈니스 발전은 이슬람을 민주화하는 지름길이다.

친 이스라엘 정책

미국이 비난의 대상이 되는 원인 중에 중요한 것으로 미국의 지나친 이스라엘 지지의 외교 정책이다. 여기에는 소위 네오콘과 미국의 세대주의 신학이 있다. 특히 세대주의 신학 중에 극단적 전천년설론 자들은 엄청난 비난의 대상이 된다. 이 신학은 이스라엘 나라를 종말의 중요한 징조로 해석하고 이스라엘을 지원하며 심지어 미국에서 온 소수 광신자들은 예루살렘 성전 자리에 세워진 이슬람의 모스크를 파괴하여 예수님의 재림을 앞당긴다는 것이다. 미국의 편향된 친 이스라엘 정책과 신앙을 제일 유감으로 생각하는 자들은 아랍 크리스천들이다. "우리는 같은 하나님의 백성이 아닌가." 아랍 크리스천들은 서구의 기독교회가 이스라엘 편을 너무 많이 든다고 원망한다. 우리는 하나님의 백성으로서 동질성을 중시해야 한다.[1]

한국교회에도 이스라엘을 우리의 신앙적 '사촌'으로 생각하는 자들이 있다. 예루살렘에까지 복음을 전해야 하는 한국교회로서는 신학적으로나 국제정치 감각에 균형이 요구된다. 구약시대에는 이스라엘이 선민이다. 그러나 신약시대에는 예수 그리스도를 주와 그리스도로 고백하는 신자들이 '이스라엘'이다. 이 점에서 복음주의 신학은 '대치설'이다. 믿지않는 유대인들은 '이방인'이다. 그런데도 로마서 9장에서 11장까지를 근거로 이스라엘이 팔레스타인으로 돌아온 것을 종말의 징조로 해석한다. 아직도 이스라엘은 섭리적 백성으로서 특별한 의미가 있다는 것이다. 이스라엘 국가는 기독교를 금지된 종교로 보고 기독교 선교를 허용하지 않는 종교적 폐쇄 국가이다. 이스라엘의 크리스천들은 숨어서 예배를 드려야 한다. 저들의 이름도 메시야적 유대인이라고 불린다. 이스라엘은 경제와 정치는 민주화하였으나 종교의 민주화는 되지 않은 특이한 국가이다. 그럼에도 불구하고 이스라엘의 기독교회 지도자들마저 예수를 인정하지 않는 유대인들을 섭리적 백성으로 옹호한다. 유대민족 정신이 기독교보다 앞서는 것 같다.

비난받는 기독교 원리주의와 세대주의 신학

현재 국제사회는 테러와의 전쟁을 전개하는데, 한국, 일본 미국의 이념적 성향을 요약하면, 미국은 기독교 보수주의가 전성기라 할 만큼 기독교적 우경화로, 일본은 신도라는 민족 종교를 바탕으로 하는 폐쇄적 민족주의로, 한국은 좌경화로 나가고 있다. 신학적으로 말하면 일본은 고이즈미는 친미파지만 일본 진보신학자들은 철저히 반부시, 반미이다. 특히 최근 복음주의 교회의 부흥운동을 보수화의 복귀로 보고 비난한다. 반미감정에는 반기독교 정서가 개입되기 때문에 크리스천으로서 염려하지 않을 수 없다. 9.11테러에서 미국은 피해자인데, 도리어 비난의 대상이 되고 있다. 카이로의 한 미국인이 표현한 대로 지금 미국은 세계에서 가장 나쁜 나라가 되고 말았다.

기독교 종말 사상과 이슬람 종말 사상은 중동의 긴장을 더 고조시킨다. 이스라엘은 하나님의 선민, 이슬람은 적그리스도라는 신학적 등식이 부시와 미국교회 저변을 형성하고 있다고 비판자들은 비난한다. 또 부시의 기독교 신앙 역시 '종교적 십자군주의자' 로 매도되고 있다.

둘째, 친이스라엘 신학의 대표적인 세대주의가 비판의 표적이 된다. 전천년설 세대주의는 이스라엘 건국은 종말의 징조이고, 이것을 실현하기 위하여 제3의 성전을 세워야 한다고 주장한다. 이 터에는 지금 이슬람 모스크가 있기 때문에 모스크를 파괴하고라도 성전을 세워야 한다고 극단적인 발언을 서슴지 않는다. 어떤 세대주의자들은 성전이 재건되어 제사를 드릴 때는 자신들이 특별히 키운 양을 제물로 드리기 위하여 사육하고 있다. 이러한 사육자를 아포칼립스apocalypse의 가축인으로 부르기도 한다.[2] 과격 세대주의자들은 예수님의 재림 실행의 시나리오를 앞당기기 위하여 속히 유대인들을 개종시켜야 하고, 반면 아마겟돈 전쟁에서 이스라엘의 적을 쳐부수어야 하는데, 그 적은 이슬람이라고 말한다. 이러한 주장을 하는 대표적 인물로 제리 폴웰을 든다. 일본 기자는 그가 왜 이렇게 유대인 구원에 집중하는가를 취재하였는데, 선민인 유대인들이 계속 고통을 당하는 데 대한 속죄의식 때문이라고 진단하였다. 즉 유대인에 대한 각별한 애정을 쏟는다는 것이다.[3]

동시에 이스라엘 팔레스타인 분쟁을 어렵게 하는 것은 바로 땅의 신학 Eretz Issrael이다. 땅의 신학이란 이스라엘이 점령하고 있는(가자 지구를 포함) 지역은 하나님이 유대민족에게 약속한 거룩한 땅이기 때문에 절대 양보할 수 없다는 것으로 유대 원리주의의 입장인데, 이것을 미국의 일부 세대주의 신학자들이 적극 지지한다. 할 린제이, 척 스미스 등은 대표적인 이스라엘파인데, 이들의 성경적 근거는 에스겔 22장 19절이다. 종말에 이스라엘을 다시 예루살렘으로 모으리라는 말씀이다. 반면 아랍인들도 물론 땅의 신학을 고수한다.

비난받는 네오콘

현재 부시 행정부를 주도하는 외교 정책은 네오콘이다. 네오콘은 미국에서 등장한 신보수주의의 약자이다. 그러나 이것은 경제학에서 말하는 신자유주의나 신보수주의와는 전혀 다른 것으로, 자유, 평등, 인권이라는 보편적 가치관을 전 세계에 확대하자는 국제정치 이론이다. 데이빗 돔크David Domke는 이것을 자유의 보편적 복음universal gospel of freedom and liberty으로 정의한다. 일본의 한 학자는 기독교의 도덕적 가치관과 자유주의의 결합이 네오콘을 만들게 되었고, 이라크 전쟁은 네오콘들에게는 거룩한 전쟁이 되었다고 한다.

그러나 많은 학자들은 네오콘이란 미국이 세계를 제패하려는 무시무시한 이론이라 설명하고 부시 행정부의 강경파 크리스천들마저도 다 네오콘으로 몬다. 2004년 미국 민주당 대통령 후보 호와드 딘도 이라크 전쟁은 이스라엘의 안전을 위한 전쟁으로 비난하였는데, 일본의 대부분 학자들도 같은 입장이다. 미우라 준초三浦俊章는 네오콘이란 세계를 선악의 이원론적 대립구도로 보고 악은 정복해야 하며, 악을 정복하기 위하여 유엔은 무시하고 미국 단독으로 군사행동을 취할 것을 주장하는 정치 이론으로, 네오콘의 배후 인물들은 다 유대인이라는 것이다. 국무장관 라이스, 폴 울프비치, 학자들로는 다니엘 벨, 새뮤얼 헌팅턴, 프랜시스 후쿠야마 등 부시 행정부의 매파는 다 네오콘이라는 것이다. 여기에 좀 과격한 단정이 개입된다. 라이스는 매파인지 모르나 유대인이 아니다. 한국에서도 네오콘은 나쁘게 소개되고 있다.

네오콘에서 이탈한 프랜시스 후쿠야마에 의하면 이라크 침공 이론은 네오콘만이 아니라 미국의 이익과 다국적 개입을 배제하는 고립주의 정책의 잭슨주의Jacksonnian도 작용하였다고 말한다. 부시는 네오콘의 창시자 스트라우스Leo Strauss같은 학자는 전혀 모른다고 한다. 후쿠야마는 사람들이 네오콘을 곡해한다고 서운하게 생각한다.4

우리가 알아야 할 사실은 부시의 중동정책에 크게 영향을 준 학자는 미국의 중동 전문가인 버나드 루이스이다. 루이스는 중동 문제에 관한 한 세계 최고의 학자이다. 그는 영국계 유대인으로 2차 대전 당시에는 영국 정보장교로 중동에 파견되어 일한 경험이 있는 중동통이다. 프린스턴대에서 교수로 재직하다가 은퇴하였다.

미국도 방향전환을 해야 한다.

국제사회는 팍스 아메리카나Pax Americana의 영향권 하에 있다. 경찰국가로서 미국의 역할을 무시할 수 없다. 한국도 미국에 의존도가 높은 나라이다. 그럼에도 불구하고 미국의 오만이 반미감정을 불러일으키고 있다. 우선 미국이 국제화 시대의 보편적 가치관인 자유, 평등, 인권을 확산한 공로는 인정한다. 미국이 아니면 할 수 없는 일이다. 그러나 국제정치 질서에서 이제 강요하는 것은 불가능하다.

미국은 보편적 가치를 적용함에 있어서 미국의 이익을 너무 앞세워 일관성을 상실하는 경우가 많다. 사우디아라비아는 종교의 자유가 전혀 없는 나라이다. 그럼에도 불구하고 미국 정부는 사우디의 종교탄압에는 전혀 침묵한다. 탈레반과 빈 라덴을 키운 것도 미국이다. 이란과 이라크 전쟁 때는 호메이니를 견제하기 위하여 이라크를 지원하였는데, 이제는 이라크의 목을 죄고 있다. 알제리에서는 이슬람 원리주의자들이 투표로 정권을 장악하게 될 때 도리어 인권과 민주주의를 강조하는 프랑스와 미국이 알제리 군부독재를 지지함으로 이중성을 드러낸다. 기독교적 보수의 부시정권이 일본의 우익을 지지하는 것에 한국의 크리스천으로서 실망을 금치 못한다.

세계화는 사실상 서구화를 의미하고 서구화는 바로 세속화로 간주된다. 경건한 무슬림들은 세속화는 이슬람 세계를 타락시킨다고 믿는다. 그래서 세속화에 분노한다. 헤즈볼라의 한 지도자는 "자신들이 할 수 있는 방법은 퇴폐와 싸우는 것인데, 미국이 바로 이러한 퇴폐의 원조"라고 강조한다. 그럼에도 우리는 반미감정을 왜 우려하는가?

1960년대 비서구 세계에서 서구 식민지에 대한 반발로 불기 시작한 반서구감정이 급기야 반기독교 운동과 더불어 선교사 추방운동을 전개한 것은 잘 아는 일이다. 반미 감정과 반세계화는 문제가 많지만 특히 이것은 자신들의 문화적, 종교적 특수성을 너무 내세워 보편적 종교와 가치를 외면하고 기독교를 거부한다. 미국이 비난 받으면서 기독교도 비난의 대상이 되고 있다. 이슬람교와 유대교, '두 보복의 종교'에 대한 미국의 개입이 평화보다는 전쟁을 영속화하는 인상을 준다. 미국 정부와 미국 기독교는 이스라엘 편중 정책을 지양해야 한다. 한국교회도 이스라엘에 대한 '낭만적 짝사랑'을 중지해야 한다. 그러나 동시에 이스라엘과 아랍은 화해해야 하는데, 어렵다. 금년 초 유럽의 무함마드 모독 만화로 불거진 중동의 반서구 데모도 이것을 조장한 장본인은 유대인이라고 아랍 크리스천들은 말한다. 서구와 이슬람 세계를 싸우도록 교묘하게 조작한다는 것이다. 중동은 독일학자가 말한 대로 평화와는 거리가 멀다.

9.11테러도 유대의 음모로 보는 것이 이슬람 시각이다. 서로 너무 불신한다. 다행히 미국 행정부는 변화의 조짐을 드러낸다. 하지만 한국의 반미정서도 변해야 한다. 한국 기독교는 친미파로 비난 받으면서 기독교가 수난을 당하는 것 같다. 우리는 미국의 눈치보다는 하나님 나라 백성으로서 하나님 나라의 눈치를 우선해야 한다. 더 위대한 미국이 되려면, 부시가 기독교 신앙이념으로 국제정치를 행할 바에야 당장 눈에 보이는 미국의 이익보다는 하나님 나라의 이익을 우선한다면 더 위대한 미국이 될 것으로 생각한다. 물론 너무 이상적인 아이디어로 생각하지만 고려해야 할 시급한 과제이다.

| 미 주 |

1. 아랍의 크리스천들에 대하여는 Betty Jane Bailey & J. Martin Bailey, *Who Are the Christians in the Middle East* (Grand Rapids: Eerdmmans, 2003)을 참조할 것.
2. Gershom Gorenberg, *The End of Days: Fundamentalism and the Struggle for the Temple Mount* (New York: The Free Press, 2000), 7이하 참고할 것.
3. 越智道雄 『終末思想はまぜ生まれてくるのか : ハルマゲドンを待ち望む人』 (大和書房, 1995), 144-147.
4. Francis Fukuyama, *America at the Crossroads: Democracy, Power and the Neoconservativ Legacy*, 12-15.

제 9 장 _**가치관의 충돌**

오늘날 아시아의 종교적 상황을 단적으로 표현하면 일부 비기독교 종교는 점차로 군사적 절대주의militant absolutism의 방향으로 나아가 소수 종교를 철저히 배격한다. 존 나이스빗은 아시아는 전통에서 선택으로 이행하는 과정이기 때문에 사람들이 문화나 종교를 자유롭게 선택할 수 있다고 주장하는데, 하지만 오늘의 아시아 종교적 상황을 냉정하게 관찰하면 이것은 대단히 잘못된 결론이다. 많은 아시아 나라에서는 종교가 일종의 이데올로기로 변질하여 종교에 관한 한 순응의 자유만 있고 변경의 자유는 없다. 이러한 종교 억압적 분위기에 대하여 서구 인권단체들은 자유를 주라고 외치지만 이것은 문화적 내정 간섭이라고 응수한다.

현대 세계는 인권과 자유가 인간의 보편적 가치관으로 확산되고 있음에도 불구하고 많은 나라들은 종교의 자유가 없다. 미국 프리덤 하우스에 의하면 세계인구의 약 25%만이 종교자유를 누리고, 39%는 부분 자유를, 36%는 완전히 자유가 없다. 특히 이슬람 국가는 종교와 정치 및 언론의 자유가 제한되어 있는데, 여기에는 대체로 이슬람 원리주의가 개입되어 있거나 간접적으로 영향을 미친다. 종교가 정치, 언론 및 종교를 탄압하거나 통제할 때 그것은 벌써 종교의 영역을 뛰어넘는 이데올로기이다. 이슬람 국가에서 소수 종교인에 대한 억압을 이슬람 학자들도 개탄하면서 개선해야 한다고 말한다. 파키스탄의 이슬람 학자 메몬은 합리적 이슬람을 제안하는 양심적 학자라고 본다. 그는 이슬람 국가에서 소수종교의 억압에 대하여 다음과 같이 부언한다.

이슬람은 일반적으로 이슬람 영역 내의 비무슬림에 대해 관용적이었다. 유대인들은 한때 스페인에서 추방되었지만 후일 수년 동안 무슬림의 보호를 받았다. 그럼에도 불구하고 최근에 와서는 이슬람 국가에서 비무슬림들은 이등시민으로 취급받는다고 불평한다. 무슬림 국가들 내에서 소수종교인들의 이익을 보호하기 위하여 더 많은 연구가 필요하다. 이슬람 국가에 있는 비무슬림의 다양한 계층에 대하여 선지자(무함마드)의 실천에서 해답이 발견되어야 한다.[1]

현대 국제화 시대에 세계는 매스미디어, 서적, 인터넷을 통하여 이러한 보편적 가치관이 전 세계로 확산되는 것 같지만 실은 오히려 정반대 현상이 지구 도처에서 일어나고 있다. 인권탄압의 소리가 갈수록 높아지고 종교와 언론의 자유는 개선되지 않고 도리어 악화되고 있는 실정이다.

특히 이슬람 국가들이 언론과 종교의 자유를 통제함으로 전체주의적 모습을 보이고 있다. 시리아 컴퓨터협회 회장은 인터넷은 중요한 정보전달자이나, 반면 우리 신앙과 아랍의 무슬림 전통과는 상충되는 것이 많다고 불평하면서 인터넷 통제를 한 적이 있다. 지금도 약간의 통제는 있다. 아랍세계에서는 아랍에미리트가 인터넷 인구가 가장 많아서 14만 3천 명이나 되지만 세계 웹 사이트 이용은 제한된다. 유엔주재 사우디 대사는 "흉하고도 타락한 물질문명을 억제하는 것은 도덕을 인간수준으로 고양시키는 것이다. 따라서 인터넷 억제나 금지는 박탈이 아니라 풍요케 하는 것이며 억압이 아니라 연단이며 제한이 아니라 확장이다."라고 강변한다.

그러나 사우디에서 인터넷 이용자들의 2/3가 여자들이다. 이유는 여자들은 운전이 금지되고 사무실에서 남자들과 공동근무가 금지되기 때문이다. 그러나 정부는 '공격적'인 것은 제거한다.

기독교와 이슬람의 충돌은 선교 현장에서 많이 일어나고 있다. 기독교가 이슬람 문화권을 선교지로 하는 것 자체가 벌써 갈등의 요인을 만든다는 사실은 시인해야 할 것이다. 이슬람 국가들은 법적으로 다른 종교의 선교를 전혀 허락하지 않는다. 뿐만 아니라 메몬이 지적한 대로 소수종교를 억압한다. 이슬람 국가들은 아예 주민등록증에 자신의 종교를 밝혀야 한다. 기독교인들은 불가피하게 차별대우를 받게 된다.

그러나 중동국가라고 해서 소수의 기독교 신자들이 다 차별대우나 박해를 받는 것은 아니다. 이라크, 시리아, 요르단, 이집트, 이란 등 일부 나라에서는 크리스천들이 국가 요직에서 봉사하고 있다. 시리아는 알라위 무슬림이 대통령이 되어서 그런지 몰라도 많은 크리스천들이 장관급 등의 고위직에 있다. 2007년 한국을 방문한 문화재 및 박물관 관장은 시리아에 기독교 인구가 20%나 되며, 많은 크리스천들이 공무원으로 봉사한다고 자랑하였다. 외국인들은 기존 교회에서 활동하는 자유가 있다고 하였다. 이란에는 크리스천 국회의원이 있고, 무바라크 이집트 대통령은 국회 지도급 자리에 신자를 임명하였으며, 레바논 대통령도 신자였다.

하지만 이러한 케이스에도 불구하고 많은 중동의 크리스천들은 서구나 미국으로 이민을 갔고, 또 가기를 희망한다. 이것은 이슬람 세계가 풀어야 할 과제이다. 특히 파키스탄의 신성모독죄blasphemy law는 기독교회를 억압하는 무서운 법으로 작용한다. 이 법에 의하면 무함마드를 비난하면 사형을 당할 수 있으며, 꾸란을 모독한 경우에는 무기징역까지 규정하고 있다. 1991년부터 93년까지 편잡 지방에서만 이 법 위반으로 구속된 사람이 최소한 265명을 넘어서고 있으며, 4명 이상이 재판 도중에 살해되었다. 국제인권단체는 이 법의 모순을 지적하지만 파키스탄의 강경 무슬림들은 문화간섭이라고 분노한다.

유엔 인권헌장

인권, 자유, 평등은 인간의 보편적 가치관Universal value system이다. 이것은 어느 시대, 어느 장소에서도 절대원리로 실천되어야 한다. 인권은 인간 개인의 존엄성을 보장하는 것이요, 자유는 먼저 종교의 자유와 언론의 자유에서 나타나야 한다. 1948년 12월 10일 유엔이 인간의 보편적 가치관으로 여겨지는 인권헌장을 발표하였다. 유엔 인권헌장 서문은 다음과 같다.

인류사회의 모든 구성원의 고유의 존엄성과 평등하고 양여할 수 없는 권리를 승인함은 체계에 있어서의 자유, 정의와 세계평화의 기본이 되는 것이므로, 인권의 무시와 경멸은 인류의 양심을 유린하는 만행을 초래하였으며 사람이 언론과 신앙의 자유를 누리고 공포와 결핍으로부터의 자유를 향유하는 세계의 도래는 모든 사람의 최고의 열망으로서 선포되어 왔으므로 사람이 전제와 탄압에 대항하는 최후의 수단으로 반란을 일으키지 않게 하기 위하여 인권을 법률의 정한 바에 의하여 보호되어야 함이 절대 중요하며, 제 국민 간에 우호관계의 발전을 촉진시킴이 절대 긴요하므로, 국제연합의 제 국민은 그 헌장에서 기본적인 인권과 인신의 존엄성과 가치와 남녀동등권에 대한 신념을 재확인하였으며, 또한 보다 광대한 자유 안에서 사회를 향상시키고 일층 높은 생활수준을 가져오도록 노력하기로 결의한 바 있으므로, 가맹국은 국제연합과 협력하여 인권과 기본 자유에 대해 존중하는 정신을 세계적으로 촉진시키고 이를 준수하도록 노력하기로 서약한 바 있으므로, 이러한 권리와 자유에 대한 공통적인 이해는 이 서약을 충실히 이행하는 데 가장 중요한 것이므로, 이제 국제연합총회는 모든 사람과 모든 국가가 도달하여야 할 공통된 목표로서 이 인권선언을 발포하는 바이니, 모든 개인과 사회 각 기관은 이 선언을 항상 염두에 두고 이 권리와 자유에 대한 존중의 마음가짐을 깊게 갖도록 교육하며, 국가적 또 국제적으로 점진적인 방법으로써 가맹국 자신의 인민들과 통치하에 있는 인민으로 하여금 이 권리와 자유를 보편적으로 또 충실히 인식하고 준수하도록 노력하여야 한다.

서문은 종교의 자유를 보장하며, 제2조 역시 "모든 사람은 종족, 피부색, 성별, 언론, 종교, 정치상 기타 의견, 민족적 혹은 사회적 출신, 재산, 가문 혹은 기타 지위 여하로 인하여 하등의 차별을 받음이 없이 본 선언에 발표된 모든 권리와 자유를 향유할 권리를 가진다."고 하며, 제16조에는 성년이 된 남녀는 종족, 국적 혹은 종교로 인한 하등의 제한을 받음이 없이 결혼하고 가정을 가질 권리를 가진다. 성년의 남녀는 결혼기간 중 또는 그 해소에 있어 혼인에 관하여 평등한 권리를 가진다고 선언한다. 그리고 특히 제18조는 종교를 선택할 자유와 바꿀 자유를 명문화한다. "사람은 누구를 막론하고 사상, 양심 및 종교의 자유를 향유할 권리를 가진다. 이 권리는 종교 혹은 신앙을 바꿀 자유와 단독으로나 혹은 다른 사람과 공동으로나 또는 공적으로나 혹은 사적으로나 자기가 믿는 종교나 신앙을 전도하고 실천하며 예배하고 신봉할 자유를 포함한다."

유엔 인권헌장은 '하나님의 형상으로 창조된 인간' 이라는 기독교 교리와 인권, 자유, 평등의 계몽주의 철학이 결합된 것이다. 여기에는 개인의 인권과 종교와 출판 및 결사의 자유라는 민주주의적 가치관이 핵심을 이룬다. 그럼에도 유엔 인권헌장에는 종교적 색채가 보이지는 않는다. 그래서 정치학자들은 시민적 인권 혹은 세속적 신앙 혹은 인권신앙으로 말하기도 한다.

이슬람 인권헌장

그러나 이슬람 국가들은 유엔 인권헌장에 동의하지 않고 후에 이슬람 인권헌장을 따로 만들게 된다. 유엔 인권헌장을 만들 때 이슬람 국가는 3개국만 참여하였기 때문에 무효라는 것이다. 유엔 인권헌장은 자본주의 사상에 기초한 것으로 우주, 생명, 인간의 세계관, 즉 이데올로기가 결여되었기 때문에 보편타당성이 없다는 것이다. 초안이 작성될 때 사우디 대표는 16조 '결혼'과 18조 '종교 자유'에 대하여 이의를 제기했지만 받아들여지지 않았다고 한다.

그래서 이슬람은 유엔 인권헌장에 맞서서 1989년 이슬람 인권헌장을 발표하였고, 1990년에도 카이로 이슬람 인권선언The Cairo Declaration on Human Rights in Islam을 하였다. 이슬람 인권헌장은 1979년 이슬람 국가 외무부 장관들이 1차 초안을 하고 후에 이슬람 국가 정상회담에서 일부가 수정되었으며 그 후에도 몇 번의 독회를 거쳐 완성, 발표되었다. 이슬람 인권헌장은 물론 말할 필요도 없이 이 헌장은 이슬람 교리와 이슬람 가치관에 기초한 것인데, 유엔헌장과 대립되는 것은 바로 종교자유 문제이다. 이슬람 인권선언은 종교 문제에서는 개인이 종교를 마음대로 선택하거나 바꾸는 것을 철저히 거부한다. 이슬람 헌법 제10조는 "사람은 천부적 종교인 이슬람을 따를 때 어떤 형태의 강제성을 가져서는 안 되며 사람의 가난, 약함, 무지를 이용하여 강제로 무신론이나 다른 신앙으로 개종시키는 것은 허용할 수 없다."고 적고 있다. 천부적 종교란 인간 본성에 자연스럽게 태어나는 것religion of innate nature을 의미하는데, 이 단어는 실제로 이슬람만이 참 종교라는 것을 암시한다. 그리고 가난하고 약한 사람들을 돈으로 매수하는 선교는 안 된다는 것이다. 그러나 이 조문은 다른 종교의 선교를 금지하는 함정 조문이다. 10조에 대한 법 해석에서도 다른 종교가 개종을 위하여 강제성을 띠는 것을 금지하고, 또한 의도적으로 무슬림을 다른 종교로 개종시키는 것에 대해서는 언급하지 않았다고 말한다. 이유는 다른 종교는 파생적 종교이기 때문에 믿을 수 없으며 불완전하다는 것이다. 여기에 이슬람의 지나친 우월주의와 배타주의가 있다고 본다.[2]

카이로 인권선언에서는 결혼에 관하여, 종교때문에 결혼을 제한할 수 있다는 조목을 첨가하였다. 여성은 무슬림이 아닌 남성과의 결혼은 불법이기 때문에 이 조항이 첨가되었다. 그러나 무슬림 남자들은 기독교나 유대교 여자와 결혼을 할 수 있다.

그러면 이렇게 개인의 종교자유를 배제하는 헌장이 어떻게 나올 수 있는가? 여기에는 이슬람의 정의 개념이 가장 중요한 키가 된다. 이 헌장은 인간의 권리란 예배와 신앙의 권리이며, 도덕적 보호의 권리이며, 참 신앙을 믿을 권리 등이라고 정의한다. 이것은 이슬람을 참 신앙으로 믿고 이 믿음에 근거한 도덕률을 보호하는 것을 개인의 권리 위에 둔다. 이슬람 외에 다른 종교에 대한 선택이나 변경은 아예 불가능한 것이다. 철저히 이슬람 종교에 기초한 배타적 권리사상이다.[3]

결혼에 관한 조항에서 이슬람은 결코 결혼은 부모와 전 가족의 결정이지 개인의 결정일 수 없다는 것이며, 심지어 여자를 교환하는 제도는 전통적 이슬람의 문화로서 정당화되어야 한다는 것이다. 종교 역시 개인의 선택이 될 수 없다는 것이다.[4]

결국 이슬람 인권선언은 유엔 인권선언을 차용하였으나 이슬람의 샤리아에 맞춘 것이다. 카이로 선언도 출판, 결사, 종교의 자유는 허용하지 않는다. 카이로 인권선언 24조는 이 법에 규정되지 않은 것은 샤리아에 기초한다고 명문화하였다. 꾸란과 샤리아는 고정성과 불변성을 가진다는 입장이다.

가치관의 충돌

1948년에 제정된 유엔 인권헌장에 이슬람 국가와 다른 비서구 세계 국가들이 공식적으로 도전장을 던지는 사건이 발생한다. 1993년 오스트리아 빈에서 개최된 유엔인권세계대회The United Nation World Conference on Human Rights였다. 이 대회에서 유엔 인권헌장이 명시한 보편적universality이며, 나눌 수 없으며indivisibility, 독립적interdependence이라는 인권선언이 비서구 세계의 도전을 받았다. 이슬람 세계는 종교가 결코 개인의 자유가 될 수 없는, 집단적 성격임을 강조하면서 유엔 헌장의 수정을 요구하였고, 가난한 지구 남반부 국가 대표들은 유엔 헌장이 못 사는 나라의 경제적 평등은 전혀 외면하였다고 비판하였다. 심지어 일부 구 공산주의 국가 대표들도 여기에 동조하였다.

이것은 인권을 절대시하는 서구적 가치관과 인권은 문화, 인종, 사회라는 복합적 성격을 감안해서 규정되는 상대주의라는 것이 서로 충돌한 것이다. 즉 윤리나 가치관의 절대주의와 상대주의의 긴장인 셈이다.[5]

이슬람과 서방이나 아시아의 자유국가들 간에는 종교자유 문제에서 충돌이 불가피하게 된다. 한국에서도 종교는 철저히 개인의 자유이다. 이 시대는 문화와 종교의 다원화 사회이기 때문에 어떠한 종교도 독점사상을 배제한다. 이 점에서 이슬람은 종교를 박해한 공산주의와 유사하다.

그러면 해결책은 무엇인가?

우리 사회는 종교를 자유로 한 지 오래되었다. 자기 종교가 최고라고 생각하고 그렇게 믿을 자유가 있다. 그러나 현대사회에서 그것은 어디까지나 자기 마음 속에서 그렇게 생각하고 실천해야 한다. 다른 종교와는 선의의 경쟁을 해야 한다. 종교의 위대성이나 절대성은 실천과 행위라는 사회적 열매로 나타나야 한다. 동시에 정치, 사회 등 모든 분야에서 그 종교의 우수성을 개인적으로 증명해야 한다. 자기 사회의 문제를 남의 탓으로 돌릴 것이 아니라 자생적으로 위대한 사회를 건설해야 한다.

모든 종교는 선의의 경쟁을 통하여 서로 배우고 사회와 국가의 공통된 이슈를 위하여 서로 협력해야 한다. 현대는 종교적 에큐메니컬 시대이다. 그것은 자기 종교를 포기하고 대화하라는 것이 아니라 비종교적 문제에서 협력하라는 것을 의미한다. 즉 같은 시민으로, 사회인으로 혹은 공동체 사람들로서 말이다.

네덜란드의 종교학자 반 델 류우는 종교는 상호 만남과 상호작용을 통하여 발전한다고 하였다. 그리고 선교는 종교의 본질이라고 하였다. 종교가 선교, 포교 혹은 전도를 중단할 때는 그 종교는 자기 확신과 생명이 없다는 것을 의미한다.[6] 따라서 전도 자체가 문제가 아니라 어떻게 하느냐의 문제이다. 우리 사회가 발전하려면 먼저 종교들이 자본주의식 시장 논리에 따라 선의의 경쟁을 할 때 사회도, 종교도 발전한다. 미국, 한국, 일본 및 서구 국가들은 이러한 케이스의 표본이다. 한국은 특히 종교다원화가 가장 이상적으로 실천된 나라 중 하나이다. 이것은 일본보다 더 발전하였다. 일본은 보이지 않는 중에 종교, 특히 기독교에 대하여는 차별이 심한 나라인데도 외부세계는 이것을 눈여겨보지 못한다. 시골에서는 예수를 믿으면 일본어로 '무라하찌부村八分'로 통한다. 이 말은 모욕적인 용어이다. 그러나 한국은 종교가 근대화에 지장이 되지 않았다. 불교나 다른 종교는 기독교회의 성장에 자극을 받았다. 그래서 더욱 근대화하면서 자기들 종교의 선교 혹은 포교를 강화하였다.[7] 불교는 다시금 옛날의 '종교적 장자'의 자리를 되찾으려고 노력한다.

평화적 공존과 대화를 원한다.

현대는 종교 충돌보다는 대화를 권장한다. 대화에는 조건이 있다. 서로 인정하고 존중해야 한다. 이슬람 세계는 서구의 우월주의와, 배타성을 신랄하게 비판한다. 그러면서도 이슬람을 종교적으로 가장 우월하다고 생각하여 종교의 다원성을 거부한다. 즉 자기 영역에서 다른 종교를 인정하지 않으려 한다. 꾸란 48장 29절에 "이 종교가 다른 종교의 위에 놓이게 하시려는 것이라."고 말한다. 이슬람이 최고 종교라고 노골적으로 말한다. 사람은 자기가 제일이라고 너무 자랑하면 대화가 어렵다. 절대성의 확신은 내적으로 믿고 실천하는 것이지 집단적으로 표현한다면 충돌과 대립은 불가피하다. 이 시대는 모두 자기가 잘났다고 생각한다. 민주주의 시대의 사고는 이데올로기나 종교의 높고 낮은 것이나, 절대 진리와 거짓이라는 이분법적 사고를 배격한다. 민주주의 국가에서 모든 종교의 평등을 주장하는 종교 다원주의 신학이 발전한 것도 이러한 이유 때문이다. 종교 다원주의란 종교와 이데올로기를 동등시하는 것, 혹은 평준화하는 것이다. 그런데 이슬람은 종교의 평등성은 바로 이슬람을 모독하는 것으로 생각한다. 여기에 문제가 있다. 외부로부터 충돌을 받는 것이 아니라 스스로 충돌을 만드는 것이다.

하랄트 뮐러는 이슬람 개혁주의가 근대화와 화해할 수 있는 무슬림의 가장 큰 희망이라고 하였다.[8] 파키스탄의 이슬람 학자 메몬은 무슬림과 비무슬림 간의 주요한 차이는 평화적으로 그리고 상호공존을 통하여 해결될 수 있으며, 무슬림과 서구는 동등한 파트너로서 이 작은 지구상에서 평화롭게 살 수 있으며, 서구에서 무슬림들은 다른 종교의 그룹들과도 정치권력을 서로 나눌 수 있다고 하였다.9

우리는 모든 종교가 평화적으로 공존하기를 바란다. 빈 라덴이나 알 카에다는 미국을 사탄으로 저주하지만 '기독교 국가' 미국은 군대에 이슬람 군목을 허용, 2001년에 25명의 이슬람 군목이 있었다. 주한 미군 중에도 지금도 이슬람 군목이 있다. 이들은 9.11테러 이후 미국이 이라크를 침공하였을 때 심각한 정체성의 위기에 빠졌었다. 같은 무슬림들이 적으로 여기는 미국의 침공을 당하고 있다. 그런데 아이러니하게도 자기들은 적의 나라(?)에서 장교로 월급을 받는다. 그래서 중동의 물라들에게 편지를 한 모양이다. 이슬람 원리주의자들이 적으로 여기는 미국은 이슬람 군목을 허용한 것은 기독교 사회가 더 관용적임을 보여준 것이다. 그런데 왜 이슬람 사회는 다른 종교와 공존을 거부하는가? 이미 아시아 많은 나라들도 개인주의의 좋은 점을 경험하였다. 젊은 세대들은 더 이상 이데올로기나 종교의 이름으로 집단주의에 순응하는 것을 거부한다. 아시아 가치관으로 한국이나 극동의 유교문화권이 어느 정도 민주화와 경제발전을 한 것처럼, 이슬람 국가들이 이슬람 가치관으로 민주화하고 경제발전하기를 소원하다.

1997년 테헤란에서 열린 이슬람 회의는 서구로부터 등을 돌릴 것이 아니라 화해의 대화를 나누자는 제안을 하였다. 하랄트 뮐러는 이슬람을 위하여 바른 충고를 한다.

이슬람 세계가 필요로 하는 것은 근대화의 성공이다. 이는 온건한 정책 하에서만 도달될 수 있다. 이를 보여주는 단초들은 실제로 존재한다. 이슬람의 근간에 대한 해석 가능성들이 다양하다는 사실은 정치 근대화의 기회이다. 이슬람 자체는 민주주의와 인권에 적대적이 아니다. 서구, 아니 전 세계는 이슬람 세계가 근대화에 성공하는 데 큰 관심이 있다. 선입견과 경제, 정치적 권력 욕구에 눈이 먼 단견 때문에 관심을 인지하지 못한다면 그건 비극적인 일이 될 것이다.[10]

초기 이슬람은 기독교 신자들에게 어느 정도 신앙의 자유를 허용하였다. 초기 기독교 역사에 중동의 아랍 크리스천들은 아랍 무슬림들에게 더 동질성을 느껴 이슬람으로 개종한 역사가 있다. 당시 비잔틴의 기독교는 중동의 기독교 신자들을 차별대우하는 오류를 범하였다. 그리고 중세 십자군 전쟁 때 기독교 측에서 이슬람과 대화를 제의, 일부 지역에서 종교 간의 대화가 있었다. 13세기에 도미니크 수도원과 프란치스코 수도원 건립은 이슬람교와 기독교의 관계에 새로운 장을 열게 해주었다. 네스토리안 이후(아바시드 칼리프 제국 통치하에 바그다드 성전 안에서 일부 기독교인들이 복음을 증거했는데 이들이 바로 네스토리안이었다) 처음으로 평화적인 방법으로 개종시키려고 선교회를 조직하려는 노력을 보게 된다. 레이몬드 룰은 북아프리카에서 선교를 하면서 무슬림들과 평화적 공존을 시도하는 대화를 하였다. 하지만 결국 무슬림 세계에서 순교하고 말았다. 현재 이슬람과 기독교의 대화운동이 없는 것은 아니다. 대화를 위한 종교 연구소가 수없이 많으며 학술적 잡지도 발행되고 있다. 기독교 신자들과 무슬림 간에 심각한 종교 충돌이 자주 일어나는 파키스탄의 한 기독교 연구소는 주기적으로 이슬람과 기독교 간의 대화를 가진다.[11] 물론 종교 간의 대화에 참여하는 기독교는 기독교의 절대성에 확신이 비교적 적은 진보주의 기독교회이다.

　복음주의는 개인적 차원에서, 사회생활에서 무슬림과 평화적 공존을 원하며 종교 간의 선의의 경쟁을 원한다. 인도네시아 대통령 메가와티는 그의 내각에 많은 기독교 신자들을 등용하였었다. 이 점에서 이슬람 국가의 좋은 모델이 될 수 있을 것이다. 아니, 시내산에는 지금도 기독교 수도원 안에 이슬람 모스크가 서 있다. 한 마당이지만 사이좋게 서로 이용한다. 무함마드가 수도원을 파괴하지 말고 평화적 공존을 명령하였다는 것이다. 멋진 공존의 모델이다. 팔레스타인 아랍과 이스라엘도 공존이 얼마든지 가능하다고 일본인 학자 모리모토 유쪼바가사森本雄三가 서울에서 가진 세미나에서 강조하였다. 예루살렘 시내에서 이스라엘 택시 기사가 관광객을 태우고 아랍 상점으로 안내한다는 것이다. 상부상조의 좋은 모델이라는 것이다. 지금 예루살렘에는 아랍인과 이스라엘 사람들이 함께하는 학교와 아파트가 있다고 한다.

　이슬람은 한국을 이슬람화하려는 강한 의지를 가진다고 전해진다. 그것은 자유다. 그러나 한국에서 이슬람이 종교의 자유와 종교의 평화적 공존, 즉 다원화를 인정하며, 다른 종교와 협력하며, 자신들의 종교적 이념이나 가치관을 강요하지 않을 때, 한국의 이슬람은 세계적 모범이 될 것으로 생각한다.

　국제화 시대는 모든 것이 선의의 경쟁을 하는 시대이다. 시장경제의 자유경쟁은 종교와 선교에도 적용되어야 한다. 종교의 자유가 있을 때 민주주의가 가능하다. 동시에 민주화 사회는 모든 사람을 평등하게 만든다. 동시에 종교와 이데올로기도 평준화된다. 누가 더 우월하고 절대냐 하는 것은 최후에 신이 심판할 문제이다. "내 종교가 절대이므로 무조건 복종해야 한다."는 논리는 현대 국제사회에서 통용이 어렵게 되었다.

동시에 가치관의 충돌을 비서구의 집단주의와 서구의 개인주의의 대립으로 설정하고, 개인주의는 나쁘고 집단주의가 좋다는 등식도 삼가야 한다. 두 문화의 차이를 그렇게 단순화시킬 수 없는, 복합적 사회이며 문화이다. 일부 비서구 문화는 집단주의이다. 이슬람 국가에서 온 근로자들은 자기들끼리 함께 생활한다. 가족, 혈연, 부족공동체이다. 그러나 경제문제에서는 비서구가 더 개인주의적이다. 약자는 춥고 굶주리지만 사회나 국가가 책임지지 않는다. 이론상 집단주의이지 현실은 다르다. 즉 빈부의 격차가 더 심하며, 소외당한 자들은 하소연할 데가 없다. 개인주의의 서구문화가 경제적으로 공존의 사회가 되어졌다. 나눔의 정신이 더 발전하였다. 따라서 자기의 종교가 참이요 진짜라는 것은 이 땅에서도 정직, 화평, 겸손, 선한 양심, 상호 존중, 좋은 예절과 습관, 나눔의 정신과 고귀한 시민의식으로 증명되어야 한다. 열매로 진리를 알찌니(마7:16).

한국의 14만 명 무슬림은 한국 기독교와 사회와 협력하여 이슬람 원리주의의 한국 상륙만은 막아야 한다. 그것이 이슬람을 살리는 길이다. 동양 사람들은 종교가 극단적으로 나가는 것은 환영하지 않는다.

| 미 주 |

1. Ali Nawaz Memon, *The Islamic Nation*, 52.
2. Muhammad Ali Taskhiri, *Human Rights* (Tehran: Department of Translation and Publications, Islamic Culture and Rellations Organization, 1997), 41 and 99.
3. 상게서, 24-25참조할 것.
4. Michael Ignatieff, "The Attack on Human Rights," *Foreign Affairs*, November/December 2001: 103
5. Johan D. van der Vyver, Universality and Relativity of Human Rights: American Relativism," 참조할 것(이 논문은 1997년 서울에서 개최 된 제17차 국제정치 학회에서 발표된 논문임).
6. G. Van der Leeuw, *Phenomenologie der Religion* (Tubingen: J. C. B. Mohr) 참조할 것.
7. 이 주제에 대하여는 Ho Jin Jun, *Religious Pluralism and Fundamentalism in Asia.* (Colorado Spring:, International Academic Publishing, 2002), Chapter Seven, "WCC, Vatican II & Religious Freedom"을 참조할 것.
8. 하랄트 뮐러, [문명의 공존] 이영희 역, 서울:푸른 숲, 2000: 191.
9. Ali Nawaz Memon, *The Islamic Nation*, 3.
10. 뮐러, 상게서, 213.
11. 르왈핀디의 Christian Study Centre는 이슬람 학자들을 초청, 세미나를 개최하고 *Al-mushir* (The Counselor)라는 논문집을 발행한다.

| BIBLIOGRAPHY |

Armstrong, Karen. *Islam: A Short History*. London: Phoenix Press, 2000.

Ansari, Hamid. *The Narrative of Awakening: A Look at Imam Khomeini's Ideal, Scientific and Political Biography*. Tehran: The Institute for Compilation and Publication of the Works of Imam Khomini, n.d..

Bard, Mitchell G. *Middle East Conflict*. Indianapolis: Marie Butler-Knight, 2003.

Barber, Benjamin R. *Jihad VS. McWorld: Terrorism's Challenge to Democracy*. Oxford: Corgi Book, 2001.

Bengio, Ofra & Ben-Dor, Gabriel, eds.. *Minorities and the State in the Arab World*. London: Boulder, 1999.

Burge, Gary M. *Who Are God's People in the Middle East*, Grand Rapids: Zondervan, 1993.

Carter, B. C. *The Copts in Egyptian Politics 1918-1962*. Cairo: The American University in Cairo Press, 1986.

Choueiri, Youssef M. *Arab Nationalism*. Oxford: Blackwell, 2004.

Cooper, Anne. *Ishmael My Brother*. Bromley: MARC Europe, 1985.

Cragg, Kenneth. *The Arab Christian: A Middle East*. London: Mowbray, 1991.

Cragg, Kenneth. *The Tragic in Islam*. London: Melisende, 2004.

Cragg, Kenneth. *Muhammad and the Christian: A Question of Response*. Oxford: One World, 1999.

Eickelman, Dale F. *The Middle East and Central Asia: An Anthropological Approach*, Upper Saddle River, New Jersey: Prentice Hall, 2001.

Esposito, John L. *What Everyone Needs To Know About Islam*. Oxford: Oxford University Press, 2002.

Fatema Mernissi, *Die Angstvorder Moderne: Fraue und Manner zwischen Islam und Demokratie*. Muuchen: Deutscher Taschenbuch Verlag, 1996.

Fukuyama, Francis. *America at the Crossroads: Democracy, Power and the Neoconservativ Legacy*. (New Haven: Yale University Press, 2006.

Gorenberg, Gershom. T*he End of Days: Fundamentalism and the Struggle for the Temple Mount*. New York: The Free Press, 2000.

Haq, Inamu. *Islamic Motivation and National Defence*. Lahore: Vanguard Books Pvt., 1991.

Hansan, S. S. *Christians Versus Muslim in Modern Egypt: The Century-Long Struggle for Coptic Equality*. Oxford: Oxford Univsersity Press, 2003.

Imam Khomeini, *Islam and Revolution: Writings and Declarations of Imam Khomeini* Berkerley: Mizan Press, n.d..

Imam Khomeini. *Die Frau aus der Sicht Imam Khominis*. Tehran: Institution zur Koordination und Publikation der Werke Imam Khominis, 2001.

Jane and Bailey, Betty & J. Martin. *Who Are the Christians in the Middle East?* Grand Rapids: W. B. Eerdmans, 2003.

Jun, Ho Jin. *Religious Pluralism and Fundamentalism in Asia*. Colorado Spring:, International Academic Publishing, 2002.

Kaplan, Robert D. *Soldiers of God: With Islamic Warriors in Afghanistan and Pakistan*. New York: Vintage Books, 2001.

Latourette, K. S. The *Great Century: North Africa and Asia*, vol. 6. Grand Rapids: Zondervan, 1944.

Lerch, Wolfgang. *Der lange Weg zum Frieden*. Berling: Koeler & Amelang, 1996.

Lewis, Benard. *The Middle East: A Brief History of the Last 2,000 Years*. New York: Toronto, 1995.

Lewis, Bernard. *The Multiple Identities of the Middle East*. London: Phoenix, 1998.

Lindholm, Charles. *The Islamic Middle East*. London: Blackwell Pub., 1996.

Mansfield, Peter. *The Arabs*. London: Penguin Books, 1992.

Marty, Martin E. and R. Scott Appleby, eds. The Fundamentalism Project. vol 4, *Accounting For Fundamentalism*. Chicago: The University of Chicago Press, 1994.

Marsden, Peter. *The Taliban: War, religion and the new order in Afghanistan*. Karachi: Oxford University Press, 1992.

Mehmet, Zay. *Fundamentalismus und Nationalstaat: Der Islam und die Moderne* Hamburg: Euro aische Verlangstalt, 1994.

Memon, Ali Nawaz *The Islamic Nation*. Lahore: Vanguard Books Pvt., 1996.

Motabaher, Hossein. *Von Nationlistaat zum Gottestaat: Islam und sozialer Wandel im Nahen und Mittleren Osten*. Berlin: Kohlhammer, 1995.

Nafisi, Azar. *Reading Lolita in Tehran*. London: Fourth Estate, 2003.

New, David. *Holy War: The Rise of Militant Christian, Jewish and Islamic Fundamentalism*. London: McFarland& Company, 2002.

Parshall, Phil. *New Paths in Muslim Evangelism*. Grand Rapids: Baker Book House, 1980.

Roy, Olivier. *The Failure of Political Islam*, tr., Carol Volk. London: L.B.Tauris Pub., 1994.

Sada, Georges. *Saddam's Secrets: How an Iraqi General Defied and Survived Saddam Hussein*. Integrity Pub., 2006

Sasson, Jean. *Princess: The True Story of Life Inside Saudi Arabia's Royal Family*. London: Bantam Books, 2004.

Scudder, Lewis R. *The Arabian Mission's Story*. Grand Rapids: Eerdmans, 1998.

Stump, Roger W. *Boundaries of Faith: Geographical Perspectives on Religious Fundamentalism*. Oxford: Rowman & Littlefield Pub., 2000.

Taskhiri, Muhammad Ali. *Human Rights*. Tehran: Department of Translation and Publications, Islamic Culture and Rellations Organization, 1997.

Tibi, Bassam. *Die Fundamentalistische Herausforderung: Der Islam und die Weltpolitik*. Munchen: Verlag C.H.Beck, 1992.

Tibi, Bassam. *Islam between Culture and Politics*. London: Palgrave, 2005.

Van der Leeuw, G. *Phenomenologie der Religion*. J. C. B. Mohr, 1970.

Wagner, William. *How Islam Plans To Change the World*. Grand Rapids: Kregel, 2004.

Writings and Declarations of Imam Khomeini, Islam and Revolution. Hamid Algar, tr., Berkely: Mizan Press, n.d.

| Articles |

Ajami, Fouad. The Sentry's Solitude," *Foreign Affairs*, November/ December 2001: 7-15.

Arab woman. "Their time has come," *The Economist*, June19th-25th 2004: 13-14.

Arjomand, Said Amir. "The Emergence of Islamic Political Ideologies," *The Changing Face of Religion*, eds., A Beckford and Thomas Luckmann, 113-122.

Baker, Aryn, "Taking Aim at the Taliban," *TIME*, August 27, 2007: 24-25.

Bassford, Christopher. "War of words brews over 'World War IV'," *The Korea Herald,* Friday, January 17, 2003. 7.

Ben-Dor, "Minorities in the Middle East: Theory and Practice," in *Minorities and the State in the Ara World*, eds., Ofra Bengio and Gabriel Ben-Dor, London: Lynne Rienner Pub., 1999.

Belokrenitsky, Vyacheslav. "Islamic Radicalism in Central Asia: The Influence of Pakistan and Afghanistan," in *Central Asia at the End of the Transition*, ed., Boris Rumer. New York: M. E, Shark, 2005: 152-191.

"Cease-fie violations growing in Dafur," *Herald Tribune*, Tuesday December 14, 2004:7.

Cross, Andrew. "Letter," *TIME*, August 1, 2007: 2.

Doran, Michael State, "The Saudi Paradox," *Foreign Affairs*, January/ Faebruary 35-51.

Feldtkeller, Andreas. "Die Zeit zur Mohammedanermission im Orient ist noch nichtgekommen," in *Es begann im Halle*, eds., Dieter Becker/Andreas Feldtkeller, Erlangen: Verlag der Ev. Luth, Mission, 1997), 80-95.

Gray and Hasan, Richard and Yusuf, "Three Religious Traditions and Their Encounter with Modernity," in *Religion and Conflict in Sudan*, eds. Richard Gray and Yusuf Hassan, Nairobi: Pauline Publication Africa, 2002.

Halloran, Richard, "War on Islamic extremism," *The Korea Herald*, Friday July 9, 2004: 4-8.

Harvey, Richard S. "Jew, Judaism," in *Evangelical Dictionary of World Missions*, ed., A Scott Moreau. Grand Rapids: Baker Book House, 2000.

Helmy, Amr M. K. "Cairo-Seoul ties expand," *The Korea Herald*, Monday July 12, 2004:8.

Hinnels, John. "The Cosmic Battle: Zoroastrianism," in *A Lion Handbook: The World's Religions*. Herrs, England: Lion Pub., 1982:80-83.

Hunter, Shireen T. "Fundamentalism and Conflicts in the Mediterranean," *Identities and Conflicts: The Mediterranean*, eds,. Furio Cerutti and Rudolfo Ragionieri, New York: Palgrave, 2001.

"Reform with Arab backing" *The Korea Herald*, Wednesday May 19, 2004: 6.

Ignatieff, Michael. "The Attack on Human Rights," *Foreign Affairs*, November/December 2001: 99:112.

"Islam and Africa: It could be worse." *The Economist*, June 28th-July 4th 2003: 15-16.

Jongeneel, Jan. "The West in the End Times," *Missions & Missionaries*, 106(December 2001): 4-9.

Kane, J. Herbert. *A Global View of Christian Missions*. Grand Rapids: Baker Book, 1985.

Maddy-Weitzman, "The Berber Question in Algeria: Nationalism in Making," in *Minorities and State in the Arab World*.

Manji, Irshard. "The Trouble with Islam Today," *TIME*, August 1, 2002.

Muck, Terry C. "Was the United States Right to Use Military Force against Iraq?," *Missiology*, 32:3(July 2004): 292.

Neff, David. "Tragedy Turns Us to Theology," *Christianity Today*, January 7, 2002:3-5.

O' Fahey, R. S. "They Are Slaves, But Yet Go Free," in *Religion and Conflict in*

Sudan. eds. Richard Gray and Yusuf Hassan, Nairobi: Pauline Publication Africa, 2002.

Parekh, Bhikhu. "Does Islam threaten democracy?" *The Korea Herald*, Thursday July 17, 2003: 7.

Perrone Lorenzo. "Monosticism in the Holy Land: From the Beginnings to the Crusaders," *Proche Orient Chretien.* 45:1-2(1995):31-66

Pfaff, William. "Terror threat from Islamist cells," *The Korea Herald,* April 15, 2004: 7.

"Riding a Mule in Battle," *Arab News,* Friday January 19, 2007:15.

Rohde, David. "Taliban Raise Poppy Production to a Record Again," *The York Times*, August 26, 2007: internet

Rosenbaum, Ron. "Degrees of Evil: Some thoughts on Hitler, bin Laden, and the hierarchy of wickedness," Atlantic Monthly, February 2002: 63.

"Space to say 'no' to the president," *Al-Abraim,* 16-22 December 2004:home 3. (Daily newspaper in Cairo).

Special Report Saudi Arabia and oil, "What if?," *The Economist*, March 29-June 4th 2004: 66.

Telhami, Shibley, "A growing Muslim identity," *The Korea Herald*, Tuesday July 13, 2004: 7.

Tennant, Agnieszka. "The French Reconnection: Europe's most secular country rediscoveres its Christian roots," *Christianity Today*, March 25, 2005:33-34.

Tibi, Bassam. "The Middle East: Society, State and Religion," in *Identities and Conflicts: The Mediterranean*, eds,. Furio Cerutti and Rudolfo Ragionieri, eds., 2001: 121-128.

Special Middle East Report, "Something Stirs," *The Economist,* March 5th, 2005: 25.

"Netherlands strife pushes Germany on Muslim integration," *The Japan Times*, Friday November 19, 2004.

Whaling, Frank. "A Comparative Religious Study of Missionary Transplantation in Buddhism, Christianity and Islam," *International Review of Mission*, 70:280 (October 1981): 328-339.

Wolf,, Alan. "It's All Our Fault," *Newsweek,* Special Edition, December 2001-February 2002: 43-44.

Zazkria, Fared. "The Saudi Trap," *Newsweek,* June 28, 2004: 18.

van der Vyver, Johan D. "Universality and Relativity of Human Rights: American Relativism," (Unpublished paper presented at the 17th International Political

Science in Seoul 1997).

| 일본어 |

池內 惠『アラブ政治の今を讀む』中央公論新社, 2004.

越智道雄『終末思想はまぜ生まれてくるのか : ハルマゲドンを待ち望む人』大和書房, 1995.

21世紀研究會 編『イスラ ムの世界地圖』文藝春秋, 平成 14年.

21世紀研究會 編『民族の世界地圖』文春新書, 平成 14年.

日本經濟新聞社 編『宗敎から讀む國際政治』日本經濟新聞社,1993.

西谷幸介『宗敎間對話と原理主義の克服』新敎出版社, 2004.

佐藤和孝『アフガニスタンの悲劇』角川書店, 2001.

島崎晋『目からウロコの民族・宗敎紛爭』PHP研究所, 2002.

酒井啓子『イラク戰爭と占領』岩波書店, 2004), 219.

堂義憲『世界の民族. 宗敎かわかる本』書房, 1994

橋爪大三朗・島田裕己『日本人は宗敎と戰爭をどう考えるか』朝日新聞社, 2002.

藤原歸一　編『テロ後世界はどう變わつたか』岩波新書, 2004.

宮崎正弘『テロリズムと世界宗敎戰爭』德間書店, 2001.

山內昌之『イスラムと國際政治』岩波新書, 2004.

山本七平・加瀨英明『イスラムの讀み方』祥傳社,平成 17年.

渥美堅持『イスラム過激運動:その宗敎的背景とテロリズム』東京堂出版, 平成14年.

池上彰『大人モ子トモモわかるイスラム世界の大疑問』講談社, 2002.

中東敎會協議會 編『中東キリスト敎の歷史』村山盛忠, 小田原綠 譯, 基督敎出版局, 1993.

宮田 律『イスラム パワ : 21世紀を支配する世界最大勢力の謎』講談社, 2001.

山內昌之「西歐のテロとイスラムの間 : 自由と慣用のわな」『中央公論』 2005年 10月: 182-192.

ブェルナ・フト『原理主義: 確かさへの逃避』志村 惠 驛, 新敎出版社, 2002.

アンとワーネ・バスブ–ス 『サウジアラビア : 中東の鍵を握る王國』集英社新書, 2004.

Ｉ・ブルマ＆Ａ・マルガリート『反西洋思想』堀田江里 譯, 新潮社, 2006.

ジョン Ｐ エスボズイト『イスラ–ムの威脅: 神話か現實』內藤正典, 宇佐美久美子 監譯, 明石書店, 1997.

バ–ナ–ド・ルイス『イスラムはなぜ沒落したか？』臼杵陽・今松泰 譯, 日本評論社, 2003.

| 한국어 |

김정위 편, [이슬람 사전] 서울: 학문사, 2002.

레자 아슬란, [알라 외에 다른 신은 없다] 정규영 옮김, 서울: 이론과 실천, 2006.

사니아 하다미, [아랍인의 의식구조] 손영호 역, 서울: 큰산, 2000.

새무얼 헌팅톤, [문명의 충돌] 이희재 역, 서울: 김영사, 1997.

손주영, [이슬람: 교리, 사상, 역사] 서울: 일조각, 2005.

아트크 라히미, [흙과 재: 아프간의 눈물] 김주경 역 . 서울: 동문선, 2002.

에드워드 사이드, [오리엔탈리즘] 박홍규 역, 서울: 교보문고, 1997.

이장훈, "이란혁명수비대는 이슬람의 마피아," [주간조선] 2007년 9월3일자, 38-42.

전호진, [종교다원주의와 타종교선교전략] 서울:개혁주의신행협회, 2000.

전호진, [이슬람: 종교인가? 이데올로기인가?] 서울: SFC, 2002.

전호진, [전환점에 선 중동과 이슬람] 서울: SFC, 2005.

하랄트 뮐러, [문명의 공존] 이영희 역, 서울: 푸른숲, 2000.

이슬람 원리주의의 실체

저   자 | 전호진

초판인쇄 | 2007년 9월 7일
초판발행 | 2007년 9월 17일

편   집 | 김현숙, 가승미
디 자 인 | 이남재

발   행 | 한반도국제대학원대학교 출판부
서울 용산구 효창동 5-367 한반도국제대학원대학교
전화 (02) 718-5273 팩스 (02) 707-3116
등   록 | 2006년 7월 20일
총 판 처 | 두란노서원 (전화 02-749-1059, 팩스 02-794-0528)

ISBN | 978-89-958345-2-0   03810

값 | 9,000원

잘못 만들어진 책은 교환해 드립니다.